911代理店⑤

ブラッド

渡辺裕之

ハルキ文庫

角川春樹事務所

EMERGENCY CALL 911 AGENCY 5

Contents

911代理店会社紹介

企業理念

小悪党を眠らせるな
被害者と共に泣け
隣人に嘘をつくな

社長

岡村茂雄《おかむらしげお》……元警視庁捜査一課刑事。60代前半でブルドックに似ている。

探偵課

神谷隼人《かみやはやと》……元スカイマーシャル。40代前半。183センチ。

鍵のご相談課

貝田雅信《かいだまさのぶ》……元爆弾魔。30代前半。172センチ。太り気味で丸い顔をしており、人の好さそうな雰囲気。

セキュリティのご相談課

外山俊介《とやましゅんすけ》……元掏摸師。30代半ば。175センチ。眼鏡を掛けていても眼光の鋭さがわかる。

クレーマーのご相談課

尾形四郎《おがたしろう》……元詐欺師。通称"ドク"。眉が太く目が大きい。40代半ば。168センチ。心理学を応用し、喋りがとにかく達者。

篠崎沙羅/玲奈《しのざきさら/れいな》……凄腕のハッカー。解離性同一性障害。23歳。162センチ。

木龍景樹《きりゅうかげき》……情報屋。30代後半180センチ。広域暴力団心龍会若頭。

畑中一平《はたなかいっぺい》……神谷と同期の現役警察官。警視庁捜査一課三係主任。

プロローグ

二〇二三年三月十日午前、十一時三十五分。長野《ながの》白峰《はくほう》ホテル。

二階の大宴会場には、五分前に始まった式典に大勢の人々が参加していた。

米国コロラド州にあるユーレイ郡の職員と米国大使館職員を歓迎《かんげい》するレセプションである。ユーレイは標高二千三百七十五メートルにある小さな街だが、ロッキー山脈の観光の拠点で〝米国のスイス〟と呼ばれるほど景観の美しい街として評判だ。

ユーレイは日本では馴染《なじ》みがないが、温泉が湧出する保養地として知られており、長野とは共通点が多い。そこで長野市と姉妹都市になって交流を図《はか》ろうと、ユーレイ郡庁の職員がわざわざ視察に訪れているのだ。

長野県知事の里村雄平《さとむらゆうへい》が歓迎の挨拶《あいさつ》をするはずだったが、二日前に緊急入院したために副知事の大谷義治《おおたによしはる》が、式典の幹事を務《つと》めることになった。

長い髪を後《うし》ろで結んでいる黒井《くろい》雅治《まさはる》はスーツを着て、左腕にスタッフの腕章を付けている。大谷副知事の個人的なボディーガードであり、会場の警備をしているホテルの従業員に協力していた。

催《もよお》しとしては政治的な色合いも薄く、招待されている米国人も二名のユーレイ郡庁職員と米国大使館職員が一人、歓迎する側も副知事というので、警察も三名の警察官を寄越したに過ぎない。

昨年の七月八日に奈良《なら》県選挙区の応援に駆けつけた安倍晋三《あべしんぞう》元内閣総理大臣は、大和西大寺《やまとさいだいじ》駅北口で手製の銃で狙撃されて死亡した。以来、各地で行なわれる大物政治家の街頭演説には厳しい警備が付けられるようになった。

だが、今回のレセプションにはそういった緊張感は一切見られなかった。

黒井は警備員の気の緩《ゆる》みを肌で感じており、危機感を覚えていた。ホテルが契約している警備員が二名、それに会場係のホテル従業員が四名、それに黒井である。三名の警察官はホテルの出入口に二人、フロント近くに一名と会場を警備しているわけではない。もっとも、制服姿の警察官は威圧感があるからと会場内に入れるのを嫌ったのは、県の方らしい。

壇上では大谷が式典の挨拶をしており、それが同時通訳されている。和《なご》やかな雰囲気からすれば、おおむね式典の滑《すべ》り出しは成功と言えよう。

——こちら佐竹《さたけ》です。会場の北側の廊下《ろうか》に何か不審物があります。

ホテル従業員が無線で連絡してきた。警備従事者には無線機が配られており、全員が同じチャンネルで無線連絡を聞くことができる。

——こちら吉野《よしの》です。警察に連絡するので、不審物には絶対触らないようにお願いします。

ホテルの副支配人をしている吉野がすぐさま無線に応じた。

——了解です。一般客も近寄らないように規制したいので、応援をお願いします。

無線でやりとりが行なわれている。極めて常識的な判断である。黒井は不審物を確認するために会場の北側のドアを開けた。

轟音《ごうおん》とともに、廊下は白い煙《けむり》で満たされた。何かが爆発したに違いない。会場内の人々が唖然《あぜん》としている。この後パニックになるはずだ。混乱に乗じて副知事が狙われる可能性がある。

「くそっ！」

舌打ちをした黒井は副知事のもとに走った。

爆弾テロ

1・三月十日AM10：20

二〇二三年三月十日。

このところ三日続けて最高気温が二十度を超え、初夏を思わせる陽気である。

神谷《かみや》隼人《はやと》はキャニオンのロードバイクに乗り、荒川河川敷《あらかわかせんしき》のサイクリングコースを颯爽《さっそう》と走っていた。時刻は午前十時二十分だが、日差しは強く気温は十九度まで上がっている。今日も暑くなりそうだ。

キャニオンはネットの直販方式に限定されているため手に入り辛《づら》いが、世界のトッププレーヤーにも愛されているドイツの人気ブランドである。社宅である会社に寝泊まりし、あまり金のかからない生活をしているが自転車には金を惜《お》しまない。優れたフレームの自転車は、乗り手の負担を抑《おさ》えると同時にパフォーマンスを高めるからだ。

数メートル先をビアンキのロードバイクに乗った篠崎沙羅《しのざきさら》が走っていた。

二人とも米国の緊急電話番号に由来する〝株式会社911代理店〟という会社の社員である。警視庁捜査一課の元刑事だった岡村茂雄《おかむらしげお》が社長で、神谷を含め社員が得意の分野でサービスを提供する便利屋のような会社だ。その他に社員は、貝田雅信《かいだまさのぶ》、外山俊介《とやましゅんすけ》、尾形《おがた》四郎《しろう》の三人であるが、いずれも一癖《ひとくせ》も二癖もある前科者である。会社の事務を担当する沙羅に前科はないが、常人ではない。彼女は解離性同一性障害で、日中は純情で優しい性格だが、午後七時になると玲奈《れいな》という粗暴な人格に入れ替わる。しかも沙羅のＩＱは百十だが、玲奈に変わると百七十という天才になるのだ。

彼女の主治医である精神科医の田所修《たどころおさむ》医師の話では沙羅も玲奈と同じ天才だったが、幼少期に虐待《ぎゃくたい》から逃れようとする潜在《せんざい》意識が働き、知能を抑えている可能性があるそうだ。

神谷の経歴も変わっており、大卒で警察官になり機動隊を経《へ》てＳＡＴ（特殊急襲部隊）に入隊した。さらに二年後、抜きん出た成績を見込まれ、スカイマーシャルと呼ばれる警視庁東京国際空港テロ対処部隊の航空機警乗警察官という超エリートの警察官に抜擢《ばってき》されている。

だが、二〇一五年のパリ同時多発テロで恋人を亡くしたことを機に退職し、数年間放浪生活を送った後、四年前の二〇一九年にひょんな出会いから岡村を紹介され、９１１代理店の社員になった。

神谷は元警察官ということで探偵業を勧《すす》められ、探偵課というセクションの責任者として働いていた。

沙羅とは友達以上、恋人未満という関係になっている。入社時に玲奈になった沙羅に殴《なぐ》られてから、その存在に妙《みょう》に惹《ひ》かれていた。だが、歳の差ゆえに、彼女への感情を無視してきた。それがお互いのためだと信じていたからだ。

しかし、昨年の五月に行方《ゆくえ》不明だった沙羅の母である加賀真江《かがさなえ》が拉致《らち》されていることが分かった際、関係が微妙に変わった。沙羅は過去に真江とともに受けた虐待の記憶を蘇《よみがえ》らせ、精神的に危機的な状況に陥《おちい》ったのだ。

神谷は拉致されていた真江を救出し、彼女に意識を低下させている沙羅への呼びかけを促《うなが》して救い出した。真江は精神鑑定を受けて過去に犯した殺人罪での懲役《ちょうえき》は免《まぬか》れたが、現在は医療センターに患者として収容されている。

事件が解決して沙羅は以前にもまして神谷を頼るようになり、二人は自然に付き合うようになった。だからと言って恋人になるかというと神谷にとっては複雑で、少し距離を置いている。主人格である沙羅だけでなく、玲奈にも対処しなければならないからだ。だが、二人が付き合うことで彼女の精神状態は良好になり、以前よりも行動が活発になっている。沙羅は一人で外出できるようになり、引きこもり同然だった玲奈も神谷となら外出が可能になったのだ。

沙羅はもともとサイクリングに興味があったらしく、神谷はロードバイクの相談を受けた。そこで、ビアンキというメーカーの専門店に連れて行ったところ、ビアンキカラーと呼ばれる空色のフレームを「かわいい！」と一目で気に入り、即座に購入している。

今日は二台の自転車を社用車であるジープ・ラングラーに載《の》せ、埼玉《さいたま》県南部にある彩湖《さいこ》の駐車場までやってきた。そこから自転車に乗り換えて、サイクリングしているのだ。荒川沿いのサイクリングロードを走り、上流の上尾市《あげお》にある食事処高半《たかはん》という店でランチし、帰りに近くの榎本《えのもと》牧場でアイスクリームを食べるというコースである。

沙羅の脚力の問題もあるが、都心は危険なのでいつも途中まで車を使うことにしている。同じコースを何度か走っているが、徐々に距離を延ばしてきた。今日は往復で四十五キロに設定しており、ほとんどアップダウンもなく車道を走ることもない。ゆっくり走って食事の時間を入れても、四時間で帰って来られるだろう。河川敷の道路は、サイクリング専用ではなく自転車歩行者専用道路のため、サイクリストにとって人気のコースである。

沙羅がスピードを落とし、用水路を挟んだT字路の手前で停まった。道路の正式名称は〝一般県道さいたま武蔵丘陵《むさしきゆうりよう》森林公園自転車道線〟と呼ばれている埼玉県道155号である。西遊馬《にしあすま》公園手前のT字路で右折して堤防を上がり、そこからまた北西に向かうルートになっているのだ。

「ここを右よね？」

沙羅は振り返って首を傾《かし》げた。いつもは神谷が前を走る。今日は沙羅が自発的に前を走ると言い出したのだ。スマートフォンの地図アプリを使えばいいのだが、初心者は脇見運転になるのであえて使っていない。

出会った頃は、彼女が率先《そつせん》して何かをするということはほとんどなく、常に受動的であった。だが、彼女の母親が見つかり、和解したことで彼女の心境に変化が生じてきたらしい。ポジティブに行動するように心掛けているようだ。

「正解」

笑顔で頷いた神谷は上空を見上げて右眉《みぎまゆ》を吊《つ》り上げた。小型のドローンがホバリングしているのだ。神谷は自転車を降りると、サイクリング用の小型のバックパックからスマートフォンを出して貝田に電話をかけた。

――はい。貝田はただいま取り込み中です。

まるで留守番《るすばん》電話のような口調で貝田は応答した。

「ひょっとして、俺たちを監視しているのか？」

神谷は冷たい口調で尋《たず》ねた。

――えっ。まさか。

声が裏返った。分かりやすい男である。朝食後に自転車の準備をしていたら、河川敷で最新の長距離遠隔《えんかく》ドローンをテストしたいので一緒に連れて行って欲しいと頼まれた。仕方なく同乗させて車と一緒に彩湖の駐車場に残してきたのだ。

貝田は機械工作の趣味が昂《こう》じて高性能な爆弾を制作し、河原で時限爆弾の実験をしていて逮捕《たいほ》された経験を持つ。爆弾は犯罪に使用しようとしたのではなく、あくまでも趣味の延長線だったという。

高専を首席で卒業した貝田は、有名大学の工学部の推薦《すいせん》を貰っていたらしい。だが両親が他界しているという家庭の事情で進学を諦《あきら》め、大手家電メーカーに入社したそうだ。能力があっても大卒ではないとの理由から、技術職や開発部門ではなく工場の一作業員として働いていたという。そうした鬱憤《うっぷん》によって爆弾作りに走ったと検察側に追及され、爆弾に強力な殺傷能力があっただけに懲役刑《ちょうえきけい》になったそうだ。

会社のセキュリティもそうだが、ドローンなど探偵課の小道具も貝田が制作している。普段は鍵《かぎ》の専門家として活動しているが、市販のドローンをカスタマイズし、取引先に販売するなど特技を活《い》かして会社に貢献《こうけん》しているのだ。

「どっちの手を振っているか、分かるか？」

神谷はドローンに向かって右手を振って見せた。

――右手です。あっ！

「何が、『あっ！』だ。俺たちでドローンのテストをするな」

神谷はどすの利いた声で言った。

――失礼しました。

貝田との通話が切れると同時に、ドローンは東の方角に飛び去った。

「まったく、油断ならないやつだ」

舌打ちをした神谷はスマートフォンをバックパックに捩《ね》じ込んだ。

「休日もテストするなんて、貝田さんは本当に仕事好きの頑張り屋さんですね」

沙羅がしきりに感心している。彼女の心は純粋で、他人を疑うことを知らない。

「馬鹿は放っておいて、走ろう」

苦笑した神谷は自転車に跨《また》がった。

2・三月十日PM7：40

百人町《ひやくにんちょう》の路地裏に〝ホテル・エンペラー新宿《しんじゆく》〟という錆《さ》びついた金属製の看板《かんばん》が目立つ三階建てのビルある。

玄関のガラスドアにプラスチック製の〝株式会社911代理店〟という看板が貼ってあった。潰《つぶ》れたラブホテルを岡村が買い取って事務所兼社宅として使っているのだが、買収資金は岡村の退職金と玲奈が開発したゲームアプリの売上である。

外観はラブホテルのままだが、玄関も各部屋の窓ガラスも防弾ガラスに替え、十数台の監視カメラと人感センサーに守られてセキュリティは鉄壁だ。

一階の一〇一号室は〝鍵のご相談課〟の貝田が使用し、一〇二号室は応接室兼会議室、一〇五号室は〝セキュリティのご相談課〟の外山の部屋である。一〇六号室は〝クレーマーのご相談課〟の尾形が入居しているが、一〇三号室と一〇四号室がないのは、エントランスとエレベーターホールのためだ。

二階と三階には五部屋ずつあり、神谷は二〇五号室を探偵課の事務所兼自室として使っていた。二〇六号室のトレーニングジム以外は空《あ》き部屋である。

三階の三〇一号室は岡村の社長室兼居室で、三〇二号室は食堂兼娯楽室、三〇三号室は玲奈が六十台の高性能パソコンを並列に接続してプログラミングした手作りのスーパーコンピューターが収められていた。神谷の上の階である三〇五号室は、沙羅と玲奈が使用している。

昨年の五月、沙羅が精神のバランスを崩した際、彼女は米国の精神科医であるパトリック・宮園《みやぞの》からリモートでヒプノセラピー（催眠療法《さいみんりょうほう》）を受けた。

宮園によれば、主人格である沙羅に対し、玲奈は彼女をサポートする重要な役割を持っており、二つの人格が存在することがもはや健全といえるそうだ。言い換《か》えるなら、一つの肉体に二つの魂《たましい》が共存する形になっているらしい。

午後七時四十分。

神谷は三〇二号室の食堂兼娯楽室にあるカウンターのスツールに座り、厨房《ちゅうぼう》で料理をしている玲奈を見ていた。サイクリングから午後三時に帰ってきた沙羅は、いつものように午後四時過ぎにベッドに入り、午後七時に玲奈として目覚《めざ》めている。

玲奈はカレーライスを作っているのだ。料理といえば目玉焼き程度だったが、昨年の六月ごろから沙羅にレシピを教えてもらいつつ、様々な料理にチャレンジしている。沙羅は健康を考えて玲奈のために毎日弁当を作っていた。腕前はプロ並みである。

傍《はた》から見ると奇妙な話だが、二つの人格は記憶を共有しないため玲奈には沙羅の料理の知識も腕前もなかったのだ。沙羅は毎日就寝前に玲奈へビデオメッセージを残していたが、最近では料理レシピが増えたそうだ。玲奈はカメラが嫌いなので簡単なメールを残して意思の疎通《そつう》を図っていた。

半年ほど前から玲奈は、沙羅の弁当を食べている自分は自立していないのではないかと疑問を持ち始めたという。そのため毎日ではないが、暇を見つけては食事を作るようになった。彼女はゲームのプログラミングだけでなく、外山から取引先のセキュリティプログラムの制作を請け負《うお》うなど忙しいのだ。

「疲れは残っていないかい？」

神谷は玲奈を気遣った。沙羅がサイクリングに行った日は、玲奈から筋肉痛だと文句を言われることがよくあるからだ。

「大丈夫。それより、お腹がぺこぺこ。お昼は天丼を食べたって聞いたけど量が少なかったんじゃないの？」

玲奈は皿に盛り付けたご飯にカレーをかけながら尋ねた。

「丼《どんぶり》から溢《あふ》れそうなくらい天ぷらが載っていたよ。デカ盛りで有名な店なんだ」

神谷は苦笑した。埼玉県にはデカ盛りの店が結構ある。今日行った店も海鮮丼と天丼があり、盛り付けの量により四段階に分けられていた。沙羅は一番量が多い特盛を注文したが、ぺろりと完食している。往復四十五キロのコースを制覇し、カロリーを消耗《しょうもう》しているためだろう。神谷は海鮮丼の特盛を頼んだが、量も味も満足している。

「食べるわよ」

玲奈は二人分のカレーライスを皿に盛り付けてカウンターに用意すると、神谷の隣《とな》りのスツールに座った。

「これはうまい。腕を上げたね」

神谷は一口スプーンで食べて頷いた。調理時間は三十分ほど、以前は何を作るのにも時間が掛かった。

「本当、美味《おい》しい。沙羅のレシピだけど、ニンニクをちょっと多めに入れたの」

玲奈は自画自賛している。レトルトや市販のルーを使わずに、トマトや生姜《しょうが》や香辛料を使っていた。包丁捌きも驚くほど上手くなっている。お世辞ではない。

「うん？」

神谷は出入口横に設置してある監視モニターを見て首を傾げた。インターホンのモニターにスーツ姿の男が入ってくるのが見えたからだ。

会社の内外に設置してある監視カメラの映像は、セキュリティルームになっている外山の部屋でまとめて見ることができる。食堂兼娯楽室に玄関のインターホン受話器があり、そのモニターにエントランスの映像が映り込んでいた。また、娯楽室の60インチのテレビは切り替えることで、すべての監視映像を見ることできる。

玄関は両開きのガラスドアになっており、午後八時以降は自動的にロックされる。内側のガラスドアは、以前は非接触キーを使っていたが、現在は顔認証でセキュリティが解除されるようになった。インターホンは、外側と内側のドアの両方に設置してある。

男は内側のインターホンの呼び出しボタンを押した。

「珍しいな」

インターホンに出た神谷はふんと鼻息を漏らした。

男は警視庁時代の同期で捜査一課三係の係長畑中一平《はたなかいっぺい》である。同期と言っても警察学校で一緒だったというだけだ。だが、妙に気が合ったので、勤務地や職種が変わっても連絡を取り合っていた。

「社長と相談したいことがある」

畑中は愛想《あいそ》もなく言った。

「社長は出張で今日はいない。俺が代わりに話を聞こうか？」

時間外ではあるが神谷は社員として応答した。

「とりあえず、ここを開けてくれ」

畑中は肩を竦《すく》めた。

「分かった」

訝《いぶか》しみながらも神谷はセキュリティロックを解除した。

3・三月十日PM8：00

神谷は畑中を応接室に通した。

以前はパーティションで倉庫として使っているエリアの荷物が見えないように隠していたのだが、昨年の暮れに部屋の中央に壁とドアを作って見栄《みば》えを良くしている。

「貝田は部屋にいるか？」

畑中は唐突に尋ねてきた。

「いるはずだが、彼に用事か？」

神谷は首を傾げた。

「確かめてくれないか？」

畑中は仏頂面《ぶっちょうづら》である。いかにも何かを隠しているという感じである。

「おまえが直接確かめればいいだろう」

神谷は訝しげに畑中を見た。

「挨拶しようと思ってね」

畑中は神谷から視線を逸《そ》らした。

「貝田を重要参考人と見ているんだな。令状が取れないから回りくどいことをしているんだろう？　容疑はなんだ」

神谷は冷ややかな視線で畑中を見た。

「あいかわらず鋭いな。今日の昼に長野《ながの》で起きた事件を知っているだろう？」

畑中は肩を竦めた。神谷はこれまでいくつかの難事件を解決しているが、民間人としての権限を超えていたために畑中の手柄《てがら》にしている。そのため、畑中はスピード出世し、昨年の暮れに係長に昇進していた。神谷の捜査能力を畑中は買っている。

「事件？　今日はサイクリングに行っていて、ニュースの類《たぐい》はまだ見ていないんだ」

神谷は頭を掻《か》いて笑った。帰宅してから二台の自転車を洗車し、オイルを差すなど手入れに忙しかったのだ。それに、休日は世間の情報に煩《わず》らわされないように、テレビはもちろんスマートフォンも見ないようにしている。

「二日前に緊急入院した里村《さとむら》長野県知事に代わって大谷《おおたに》副知事が出席したレセプション中の県内のホテルで、爆弾テロが遭《あ》った。爆弾は二種類あり、その一つが会場の外の廊下で爆発した。ホテルの従業員が負傷したが、軽傷で済んでいる。もう一つの爆弾は爆発前に発見されている。不発弾で作動しなかったようだ」

畑中は淡々と説明した。

「まさかとは思うが、貝田が犯人だと思っているんじゃないだろうな？　防犯カメラの映像でもあったのか？」

神谷は腕組みをして畑中を睨みつけた。

「ホテルの防犯カメラはジャミングされていたらしく、何も映っていないんだ。ただの確認だよ。前持ちで爆弾を作る能力を持つ者は、そんなに多くはない。長野県警からの協力要請《ようせい》があった。リストに従ってアリバイを確認することになっている。例の事件以来、うるさいんだ。俺が足を運んだのは、穏便《おんびん》にすませようと思っているからだ」

畑中は恩着せがましく言ったが、世間やマスコミに対して不満もあるのだろう。

「例の事件」とは、昨年の七月に安倍晋三《あべしんぞう》元首相が、殺害された事件のことだろう。警察は信頼を失い、銃撃事件とは直接関係のない警視庁にまで余波が出ているらしい。

「貝田は朝から俺と一緒に行動している。少なくとも長野には行っていない」

神谷は会社を出てから彩湖まで一緒に行き、帰りも一緒だったことを時系列に従って説明した。だが、沙羅とサイクリングしている間は、顔を合わせていないと正直に言った。下手《へた》な嘘《うそ》を言えば疑われるだけだからだ。

「空白は約四時間か。埼玉から長野への往復は無理だな。だが、確認する必要がある」

畑中は右手で顎《あご》を擦《こす》りながら頷いた。

「今どき爆弾の作り方はネットで検索すれば、出てくる。前科者だけ調べても仕方がないだろう」

神谷は首を横に振った。

「可能性を潰していく。これは捜査の基本だ。今度の事件で県警はもちろん、『安倍氏を失った反省《はんせい》がない』と警察という括《くく》りで俺たちまでマスコミに叩かれる」

畑中は渋《しぶ》い表情で答えた。

「貝田を尋問するつもりか？」

神谷は鼻先で笑った。

「任意でな。報告書を作成して県警に送らなければならない。察しろよ」

畑中は小さな溜息《ためいき》を吐いた。形式的でも会って話を聞くというのが、お役所仕事である。

「分かった。待っていてくれ」

神谷はスマートフォンで貝田に電話を掛けた。

「貝田。応接室まで来てくれないか」

理由はあえて言わなかった。貝田は臆病《おくびょう》なので一課の刑事が来ているとはとても言えないのだ。

――就寝時間になりましたので、部屋から出ることができません。

貝田は機械的な声で電話に出た。何か都合が悪い時に発する声音である。畑中が来たことは知らないはずだが、動物的な勘で危険を察知したのかもしれない。

「時間は取らせない。顔を出すだけでいいんだよ」

神谷は優しく言った。

――僕は部屋から出ません。もう眠いんです。

今度は子供のような口調である。

「分かった。それじゃ、そっちに行くよ」

首を左右に振った神谷は立ち上がった。

――部屋にですか。いやいや、それは駄目です。そっちに行きますよ。

貝田は開き直ったらしい。

彼が担当している鍵のご相談課は二十四時間営業としている。世の中不注意な人間は意外と多く、家の玄関や金庫や倉庫の鍵を無くしたと電話がよくかかるそうだ。貝田は自ら主宰《しゅさい》している鍵師のネットワークで対処しているが、彼自身も作業服を着たまま寝るなど対応していた。

だが、午後六時以降はプライベートの時間として、仕事はなるべく請けないようにしている。機械いじりが趣味なので依頼された機器の製作もしているようだが、たまにこっそ

り と武器を作っているらしい。もっとも、探偵課で使えそうな物を作ることが多いので文句は言えないが。とにかく、趣味の時間に部屋に訪ねられることを貝田は極度に嫌っているのだ。

応接室のドアがノックされた。

「どうぞ」

神谷は笑顔で貝田を迎えると、腕を摑《つか》んで部屋に引き入れる。ドア口で畑中の顔を見たら逃げ出すからだ。

「なっ、なんですか！」

案の定《じょう》貝田は畑中の顔を見るなり、回れ右をした。面識があり、刑事だということも知っている。

「いいから、座れ」

神谷は、貝田の肩を摑んで無理やりソファーに座らせた。

「わざわざすみません。神谷くんから貝田さんが一緒に行動されていたと聞きましたが、今日の午前十時から午後二時までどこで何をされていたかお伺《うかが》いしたいと思いましてね」

畑中は言葉は丁寧だが、表情もなく尋ねた。

「今日は荒川の河川敷にいました。以上です」

貝田は強張《こわば》った表情で答えた。

「おまえのスマホの探偵アプリを見せればいいんだ」

神谷は苦笑を浮かべて助言した。探偵アプリとは玲奈が作ったプログラムである。地図上にアプリを持っている人物がすべて表示され、車や人に仕掛けたGPS発信機の位置を割り出し、そこまでの距離やルートも示してくれる。これまで正式名称はなかったが、探偵アプリという名前になったのだ。

「あっ！　なるほど」

貝田はポケットから自分のスマートフォンを出し、探偵アプリを起動させた。新宿百人町の現在位置に貝田のマークが表示されている。

「これは別に、一般的な地図検索アプリと同じじゃないか」

畑中は首を捻《ひね》った。

「まあ、そう仰《おっしゃ》らず。午前十時からですね」

貝田はヒストリーというボタンを押し、時刻を今日の午前十時スタートと設定した。すると画面の下に時間軸のバーが表示されて貝田のマークは彩湖の駐車場まで移動し、三時間ほど河川敷から動かなくなった。そして午後三時頃に会社に戻っている。

「今はビジュアルデータだが、移動した時間と座標をリスト表示することもできる。プリントアウトして渡そうか？」

神谷は畑中に尋ねた。

「それは助かる」

畑中はアプリを見て何度も頷いた。玲奈が暇な時間に作ったというアプリではあるが、何か欲しい機能があれば簡単に追加してくれる。実践《じっせん》で構築されているだけに刑事なら喉《のど》から手が出るほど欲しくなるアプリだ。

「それじゃ、プリントアウトを取ってきます」

貝田は弾《はじ》かれたように立ち上がり、逃げ出すように出て行った。よほど居心地が悪かったのだろう。

「県警の依頼は簡単な報告書で十分だ。そこまでは必要ないだろうがな」

畑中は笑いながら言った。仏頂面をしていたが、貝田の仕草の可笑《おか》しさを我慢《がまん》していたようだ。

「だろうな」

神谷も笑って頷いた。

4・三月十日PM11：20

午後十一時二十分。911代理店。

神谷は自室で玲奈から借りた本を読んでいたが、膝《ひざ》の上に本を載せると指先で目頭を摘《つま》んでマッサージをした。米国の心理学者で世界的に有名なベストセラー作家であるジョン・グレイ博士の原書である。

神谷は英語とフランス語と中国語は問題なく話せた。ドイツ語とアラビア語の会話もある程度できる。だが、普段使っていないので知識と同じで劣化《れっか》は免《まぬか》れない。そのため、英文を読んでいると目が疲れるのだ。

玲奈はラテン系の言語ならほとんど理解できるそうだ。そのため、原書だろうと日本の雑誌を読むような感覚らしい。彼女は部屋から一歩も出ることなく、多言語を身につけている。語学に関しても天才ということだ。ちなみに、「この本、まあまあ面白いわよ」と彼女から渡されたのは、グレイ博士の『ベスト・パートナーになるために』という恋愛指南書であった。

沙羅とは傍から見ると恋人のように見えるかもしれないが、実際はまだドライな関係である。一方で玲奈は以前から神谷をわざと誘惑するようなアクションをして喜んでいるところがある。デートをしようと彼女から誘われることも度々《たびたび》あった。沙羅から神谷と付き合っていることを聞いているので、対抗意識を燃やしているのかもしれない。

テーブルのスマートフォンが呼び出し音を立てた。通常の電話ではなく、内線のコール音である。

「遅い帰宅ですね。……了解です」

通話ボタンを押した神谷は、本をテーブルに置いて立ち上がった。帰ってきた岡村が、打ち合わせをしたいというのだ。昨年、社員のスマートフォンをすべて内線として使えるようにしたので固定の内線電話機は廃棄《はいき》している。

神谷は三階の社長室のドアをノックした。

「入ってくれ」

岡村の渋い声が響いた。

「失礼します」

神谷は部屋に入ると、岡村の執務机の前に置いてある肘掛《ひじか》け椅子《いす》に腰を下ろした。

「夜分申し訳ない。明日の朝でもいいんだが、できるだけ早く出発してもらいたいと思ってね」

岡村は唐突に切り出した。彼は無駄話を好まないので珍《めずら》しいことではない。

「出張ですか？」

神谷は相槌《あいづち》程度に聞き返した。

「長野の爆弾テロ事件で、県警から協力要請を受けた。詳細は知っているか？」

岡村は疲れているのか、口だけ動かし表情がない。持病の腰痛がまた悪くなったのかもしれない。

「午前十一時四十分。副知事の大谷義治が出席する米国大使館職員の歓迎レセプション会場である長野白峰《はくほう》ホテルの宴会場外で爆弾が爆発。その後、別の不発弾が発見されたとマスコミの発表がありました。現時点では犯行声明もなく、県副知事を狙ったのかは分かっていないそうです。副知事は、K大の大学院を出た学者肌で公務員ということもありますが金に無頓着《むとんちゃく》で悪い噂《うわさ》はありません。自由民権《じゆうみんけん》党所属の里村知事よりも県民に人気がある反面、一部議員からは嫌われているそうです」

神谷は淀《よど》みなく答えた。畑中が帰ってからネットで事件の概要や副知事の人物評は調べた。だが、警察の発表内容も乏《とぼ》しいのでネットニュース以上のことは知らない。畑中も詳しくは話さなかったのだ。というか、彼自身、情報は大して得ていないのだろう。

「さすがだな」

岡村は大きく頷いた。

「ネットの情報ですよ。畑中からも県警から協力要請があったと聞きましたが」

苦笑した神谷は彼が来たことを話した。

「捜査が進んでいない現時点での協力要請は、形式的なものだ。本庁もそれが分かっているから、形式的に答えるに過ぎない。畑中くんも仕方なく足を運んだのだろう。それにしても、貝田の慌てぶりが目に浮かぶな」

岡村が息を吐《は》くように笑った。

「だとすると、うちに協力要請がきたのも形式的なものなんですか?」

神谷は首を傾げた。

「実は県警の捜査一課の課長の多部誠《たべまこと》とは古い付き合いでね。現役時代に長野での捜査で何度か世話になっている。彼からアドバイスが欲しいと頼まれたんだ。私が退職して91代理店を経営していることを知っていたらしい。おそらく、本庁の知り合いから聞いたのだろう。君の活躍《かつやく》も知っていたよ。警察関係者の間では意外と我が社のことは知られているようだ」

岡村は自慢げに答えた。彼は現役時代に、政治家と癒着《ゆちやく》した警視庁幹部の不正を暴くため独自に捜査していた。岡村の活動を疎《うと》ましく思っていた警視庁内部の人間に嘘の告発をされ、辞めざるをえなかった。だが、それを知っている警察官は多く、今でも岡村と繋がっているらしい。

「会社の実績は表向きにできないことも多々ありますが、警察関係者には漏《も》れるんでしょうね。しかし、本庁に協力要請をしているのに、我々にまでアドバイスを求めるというのは何故ですか？」

「狙われたのが、副知事だけでなく米大使館職員という可能性もあるからだ。県警が解決できなければ、米国からも圧力が掛かる。当然、警察庁からの指導が入り、主導権を奪われる形で警視庁の力を借りることになる。それは避《さ》けたいからね」

「それは、屈辱《くつじょく》でしょうね」

神谷は苦笑した。

「爆弾の破片と不発弾を明日の午後に県警の科捜研に送るそうだ。その前にある程度知識を得たいらしい。君が行ってアドバイスをしてきてくれ。君はスカイマーシャルになるのに特別な教育を受けている。その中で爆弾の解除もあったはずだ。その手の知識は普通の警察官と違って豊富にあるんだろう？」

岡村は顔を突き出して尋ねた。

「県警にしてみれば、藁《わら》にもすがるということですか。アナログからデジタルまで爆弾の仕組みと解除に関しては徹底《てってい》的に教育を受け、爆弾解除の訓練も受けました。役に立てるかどうかは分かりませんが」

神谷は小さく頷いた。スカイマーシャルは機上のテロ対策訓練を徹底して受ける。複数のテロリストへの対処や機内に仕掛けられた爆弾の処理もたった一人で行なわなければならない。銃の腕だけでなく、格闘技はもちろん爆弾や毒物の知識、それに犯人との交渉《こうしょう》など多岐《たき》にわたる。それになんといっても語学力を問われるのだ。

「多部は県警の科捜研と仲が悪いらしい。昔気質《むかしかたぎ》の刑事だから、科捜研から一方的に情報を聞くのがいやなんだろう」

岡村は苦笑した。

「私はどんな肩書きで行けばいいんですか?」

神谷は肩を竦めて尋ねた。探偵というのは、現役の警察官からみれば胡散《うさん》臭い存在である。「辞め警」となればなおさらだ。

「特別捜査官という肩書きで専門職を採用する制度があるが、残念ながら長野県警では事例はほとんどない。というか制度そのものがないんだ。そこで、警視庁から外部の専門家に発行されるアドバイザー証をもらって、それを利用しようと思っている」

岡村は簡単に答えたが、神谷は現役時代、刑事部の捜査課にいたわけではないので首を捻るほかないのだ。

「一体、何の専門家なんですか?」

神谷は口をへの字に曲げた。

「だから、爆弾だよ。実はもう本庁の知人に頼んでおいたのだ。アドバイザー証を受領することで、今後は本庁にも出入りできるし、県警の仕事も請けられる」

岡村は手を叩いた。

「私は八年前に退職しているんですよ。知識としては古いと思いますが」

神谷は渋い表情で首を振った。

「多少古くても充分だ。助手として貝田を連れて行ってくれ。彼の知識は本庁の爆発物処理班の上を行くから心配ない」

岡村は右手を上下に動かした。

「貝田とですか。別の意味で心配ですが」

神谷は溜息を殺して答えた。

「貝田には話しておいた。彼は高い専門知識は持っているが、前があるからアドバイザー証が発行できないんだ。君と一緒に仕事ができると大喜びをしていたよ」

岡村は笑顔で何度も頷いた。

長野県警

1・三月十一日AM5：50

三月十一日、午前五時五十分。

スーツ姿の神谷《かみや》はジープ・ラングラーのハンドルを握り、上信越《じょうしんえつ》自動車道を走っていた。ブルーの繋《つな》ぎを着た貝田《かいだ》は、助手席でイビキをかいて眠っている。いつものことで、貝田は朝早く行動することが苦手なのだ。

神谷のスーツは探偵課では制服のようなもので、聞き込みをする際に刑事と勘違いされることもあり、それがかえって役に立つからだ。

貝田の作業服は鍵のご相談課の制服で、警察の鑑識《かんしき》課と同じ物を貝田自身が選んで着ている。帽子《ぼうし》もあるが、着用すると本当に鑑識課に間違えられるので、今回は被《かぶ》らないように神谷は注意した。貝田は不満そうにしていたので、いつの間にか勝手に被ることもあり得る。注意が必要だ。

会社は一時間前に出発したが、貝田は助手席に座るとすぐに寝付いた。起きていても会話が嚙《か》み合わないことが多いので眠っていた方が面倒はない。

貝田は爆弾事件を起こした際に精神鑑定を受けている。現在では自閉スペクトラム症として一つの疾患概念に含められているが、軽度のアスペルガー症候群《しょうこうぐん》だと診断《しんだん》されたという。しかし、責任能力に問題はないとして実刑判決を言い渡された。

岡村《おかむら》は刑期を終える貝田を会社に迎え入れる際、懇意《こんい》にしている精神科医の田所《たどころ》に診察《しんさつ》を依頼した。結果は裁判所の認定と同じで、貝田はアスペルガー症候群ではあるが、知的に問題はないそうだ。ただ、特徴の一つとして興味や活動の偏《かたよ》りが激しく、妄想癖《もうそうへき》があるという。また、田所の診断では軽度の症状とは言えないらしい。だが、社会生活には適応可能なので、岡村は彼の得意分野を褒《ほ》めることでその能力を伸ばすようにアドバイスを受けたようだ。

妄想癖としては、貝田はテレビアニメなどのヒーローになりきることがあった。外山《とやま》や尾形《おがた》は貝田の妄想に付き合って、彼が実力を発揮できるように仕向ける。神谷は馬鹿馬鹿しいと思うが、同僚《どうりょう》を見習って仕方なく妄想に付き合うのだ。

緑色の「P」の看板に従って左折し、横川《よこかわ》サービスエリアに入った。このまま目的地である長野《ながの》まで行ってもいいのだが、コーヒーが飲みたくなったのだ。

「貝田。起きろ」

駐車場に車を停めた神谷は、貝田の肩を軽く揺り動かした。

「……朝になったら起こして下さい。出かけるにはまだ早いでしょう？」

貝田は寝ぼけているようだ。

「コーヒーを飲みたいんだ。おまえはどうする？　横川だぞ」

神谷はエンジンを切って尋ねた。

「横川！　大変だ。『上州《じょうしゅう》麦豚わっぱ飯ミニ蕎麦《そば》椀《わん》付き』と『けんちんうどん&ミニ焼肉丼』を食べなきゃ」

貝田はバネ仕掛けの人形のように目覚めると、慌てて車から降りた。そして左右を確認すると、レストラン棟に向かって走って行く。食事となると貝田は別人のように身軽に動くのだ。

「もう、飯を食うのか」

首を左右に振った神谷は、貝田の後を追った。朝食は長野市内で食べようと思っていたのだ。

貝田はレストランではなくフードコートで「横川ソースカツ丼」と「カツカレー」を注文した。呟いていたメニューとは違うのは、フードコート内のメニュー表を見て気が変わったからだが、傍《はた》から見て必要以上にカロリーを摂ることに変わりはない。

「それだけで持ちますか？」

貝田は丼飯とカツカレーを交互に食べながら尋ねた。

「朝飯だからな」

神谷は天ぷらかき揚《あ》げうどんを注文したのだ。

今日は午前九時に長野県警察本部に訪ねることになっている。このサービスエリアから長野県警本部は百キロを切っているため、時間はまだ気にしなくてもいい。

「それにしても、爆弾を見るのが楽しみですね」

貝田はあっという間に二つのメニューを平らげると、満足げに水を飲みながら言った。

「声を落とせ。危ない奴だと思われるぞ」

神谷は眉を吊り上げた。

「声が大きかったですか？」

貝田はわざとらしく右手で口を押さえ、顎を引いた。

「今日のクライアントは警察だぞ。鍵を無くして困っている民間人じゃないんだ。不用意な言動は慎《つつし》め」

神谷は小声で注意した。岡村は貝田のことを多部《たべ》に伝えているそうだ。多部が期待しているのは、神谷ではなく貝田なのだろう。

貝田の爆弾に関する知識は警察どころか自衛隊の不発弾処理隊よりも上だという。その知識の豊かさに彼を担当した検察官も驚き、事情聴取を行なう際に警視庁機動隊の爆発物処理班から警部補を呼んだそうだ。だが、その警部補の知識では貝田には太刀《たち》打ちできなかったらしい。

岡村からは特に言われなかったが、神谷は貝田の監督係として同行するのだろう。

「了解です。……ただ」

貝田が生唾《なまつば》を飲み込み、深刻な顔になった。

「どうした？　気分でも悪いのか？」

神谷は、目を細めて貝田を見た。

「このままこのサービスエリアを出たら、僕は一生後悔《こうかい》すると思います」

貝田は真剣な顔で言った。

「何が？」

神谷は首を傾げた。

「やっぱり、『けんちんうどん&ミニ焼肉丼』を食べるべきでした。時間は大丈夫ですよね。五分で食べますので、待っていてください」

貝田は大きく頷《うなず》いて答えた。

「勝手にしろ。俺は車で待っている」

溜息を漏らした神谷はレストラン棟を出た。

2・三月十一日AM8：55

午前八時五十五分。長野。

神谷と貝田は、長野駅の近くにある長野白峰《はくほう》ホテルのロビーに入った。九時に県警本部に行くように岡村には言われていたが、県警の多部に連絡をしたところ、事件が起きたホテルに直接来て欲しいと言われたのだ。証拠品を見せる前に事件現場を見せたいのだろう。

神谷はフロントの前に立つと、ストラップ付きのＩＤカードを首からぶら下げた。警視庁から貸与されたもので、顔写真に名前と管理番号が載っており、警視庁認可アドバイザーと小さく肩書きも記載されている。

「いいなあ」

貝田は神谷のIDを羨《うらや》ましそうに見ながら、会社が発行しているIDカードを首から下げた。

「911代理店の神谷さんですか？」

ラウンジから小柄なスーツ姿の男が現れた。一人でコーヒーを飲んでいたらしい。

「捜査一課長の多部さんですね」

神谷は男に頭を下げ、名刺を出した。いつもの911代理店のものではなく、アドバイザーの肩書きの名刺である。警察関係者にとって探偵は胡散臭いので、新たに作ったのだ。

「多部誠《まこと》です。本日は、ご足労いただきありがとうございます」

多部は丁寧《ていねい》に神谷に頭を下げると、貝田をチラリと見た。貝田は神谷から少し離れて他人のように立っている。初対面の人間は苦手なのだ。多部は叩き上げの刑事だと聞いている。熟練の刑事なら一瞬で人物評価をし、貝田の特性を見抜いただろう。

「とんでもありません。岡村がよろしくと申しておりました」

「どうぞこちらに」

神谷が笑顔で答えると、多部は二人をエレベーターホールに案内した。

白峰ホテルは、JR長野駅から一キロほど北の県庁通りに面した七階建ての古いホテルである。

「二階にある『芙蓉《ふよう》の間』の北側通路で爆弾が爆発し、反対の南側通路に別の爆弾が置かれていました」

多部はエレベーターに乗りながら事件の説明をはじめた。

「二階は現場保全されているんですね」

神谷は頷きながら聞いた。規制線を張っているのは、現場の一部なのか、あるいは二階のすべてなのか確認するための質問である。商業施設での現場保全は嫌われると岡村から聞いたことがある。ホテルは事件で損害を被《こうむ》っており、現場の封鎖が続けば損失は拡大するからだ。

「二階の宴会場は主に結婚式場として使われており、来週の土日は四件の式が予定されているそうです。ホテルからは廊下の修復工事を一刻も早く進めたいと催促《さいそく》されていますが、今日一杯は二階の立ち入りを禁止するように要請しています」

多部が苦笑を浮かべると、エレベーターのドアが開いた。二階のエレベーターホールに制服警察官が立っている。

エレベーターホールは広間のようになっていた。天井にはシャンデリアがあり、壁際にクラシックなソファーが置かれている。広間の反対側の両開きドアの上に『芙蓉の間』というプレートがあった。『芙蓉の間』だけでなく、エレベーターホールもイベントスペースとして使われているのだろう。

「ご苦労様です」

制服警察官が多部に敬礼した。

「ご苦労」

多部は軽い敬礼をすると、二人を右手奥に案内した。

『芙蓉の間』は東を向いており、左手が北の通路になっている。通路の出入口には規制線のテープが張られていた。

三人は規制線を跨いで通路に入る。数メートル先の天井や壁が真っ黒に煤《すす》けており、壁の所々に穴が開いていた。

「鑑識作業は終わっていますが、念のために手袋の着用をお願いします」

多部はスーツのポケットからラテックスの手袋を出し、神谷と貝田に渡した。

「黒色火薬の臭《にお》いですね」

神谷は鼻をひくつかせて言った。

黒色火薬は、木炭の粉、硫黄《いおう》、硝酸《しょうさん》カリウムなどを混合させた火薬である。焦《こ》げ臭さの中に硫黄の独特の臭気が混じっているのだ。

「安物の火薬だから臭いんですよ」

貝田は自分のスマートフォンで壁や天井の写真を撮りながら呟いた。

「臭いで火薬の種類が分かるのか？」

神谷は貝田を見て尋ねた。

「市販の花火の火薬を集めて作ったんでしょう。市販品の九十パーセント以上は、中国製です。火薬に不純物が混入しているので、鼻につく臭いがするんですよ」

貝田は鼻の穴を広げて周囲の臭いを嗅《か》いでいる。得意分野なので、物おじせずに返事をした。

「なるほど。石膏《せっこう》ボードに穴が開くほどの威力がある。爆弾の直撃を受けたら死傷者が出たな」

神谷はLEDライトを出し、壁の穴を覗《のぞ》き込んだ。

「パイプ爆弾だと思いますよ。とはいえ、爆発力は、大したことはありませんね。殺傷能力はせいぜい半径六、七メートルというところでしょう。火薬の量が少なかったのか、あるいは金属ではなく塩ビのパイプが使われていた可能性が高いですね。……やっぱり、そうだ。塩ビのパイプ爆弾だ」

貝田は床の片隅《かたすみ》から何かを拾って神谷に見せてにやりとした。灰色の小さな破片で、一部が黒く溶《と》けている。鑑識が見落としたのだろう。

「なるほど」

神谷は破片を掌《てのひら》に載せて頷いた。

パイプ爆弾は、金属やプラスチック製の筒の中に火薬や発火装置を詰め込み、両端をネジで密封する。簡単な構造だが、密封されているために内部の圧力が高まって爆発力が増すのだ。

「素晴らしい。それでは本部まで移動しましょうか」

神谷と貝田のやりとりを見ていた多部は、笑みを浮かべた。現場を見せたのは、神谷らの実力を測るためだったのかもしれない。

「うん？」

右眉をぴくりと上げた神谷は、振り返った。人の気配を感じたのだ。急いで通路を戻って広間に出ると、エレベーター横の階段室のドアが閉まった。誰かいたことは確かだろう。二階は立ち入り禁止と聞いていたので、神谷の五感が敏感に反応したようだ。

「どうしたんですか？」

多部が通路から現れ、怪訝《けげん》な表情で尋ねた。

「誰かいたようです」

神谷は階段室のドアを開けて中を覗きながら答えた。

「さきほどの警察官でしょう。呼び出しがあり、外したのかもしれませんね」

多部は首を傾げながら言った。建物内での警備なので一人でも問題ないが、持ち場を離れては意味がない。彼でなくても首を傾げたくなる。

警察官が階段室とは反対側にあるトイレから出てきた。

「すみません。トイレで音が聞こえたので、調べるついでに用を足《た》していました」

警察官は『芙蓉の間』の前に駆け足で戻って頭を下げた。

「鑑識作業は終わっているが、気を緩めることなく現場の保全に努《つと》めてくれ」

多部は語気を強めることなく、淡々と注意した。重要事件だけに現場の保全は二、三日必要なはずだ。だが、鑑識作業が終わっているので現場はさほど重要ではないと、多部自身も思っているのだろう。

「宿泊客が階を間違えたのでしょう」

多部は頭を掻きながらエレベーターの前に立った。

「階段で行きませんか？」

神谷は階段室のドアを開けた。多部の目的は爆弾の鑑定であり、必要なのは貝田の知識なのだろう。証拠の不発弾を貝田が鑑定したら用済みになるかもしれない。とすれば、さっさと済ませて帰ることだ。

「そうですね。そうしましょう」

多部はエレベーターの呼び出しボタンに伸ばした手を引っ込めた。

3・三月十一日AM10：20

午前十時二十分。長野県庁舎。

長野県警本部は、県庁本館棟の九階と十階、西庁舎の四階、それに議会棟の五階に教育課と会議室という具合に三つの庁舎に分散している。

議会棟の五〇一会議室の床にブルーシートが拡《ひろ》げられ、その上に爆弾の破片が白峰ホテルの爆破現場を再現する形で置かれている。貝田が、証拠袋に集められていた爆弾の破片を広い場所で鑑定したいと要請したからだ。

神谷と貝田は破片の一つ一つを検証し、鑑識課の責任者に報告した。現場で貝田が見立てた通り、塩ビ管で作ったパイプ爆弾だった。時限装置は市販のキッチンタイマーが使われていた。どこでも調達可能な部品が使われているので、購入元を特定することは不可能だろう。

爆弾の破片は鑑識課の職員が段ボール箱に詰め込み、午後に松代《まつしろ》にある科学捜査研究所に送られる。

「どうしますか？」

議会棟を出た貝田が、大きな溜息を吐いた。

爆発したパイプ爆弾の破片の鑑定だけで、不発弾を調べることができなかったからだ。不発弾は時限装置のタイマーこそ作動していないものの、分解の途中で再起動する可能性もあり、庁舎で作業するのは危険だと本部長が判断したのだ。知事室もある県庁に警察本部が入居しているため当然の判断ではある。

一番簡単な処理法は、空き地で土嚢《どのう》を積んで爆破処理することだ。だが、科学捜査研究所でX線解析をした上で、解体するかどうか決定することになった。爆弾の表面の指紋は鑑識が採取してあるので、科学捜査研究所に判断は任されるのだ。だが、多部は神谷と貝田を立ち合わせるように本部長に申し入れ、受理されている。

「本館の二階に喫茶室《きっさしつ》があるそうだ。そこでコーヒーでも飲んで時間を潰す手もあるが」

神谷は腕時計で時間を確認した。証拠品を積んだパトカーは午後一時に出るそうだ。一緒に松代に向かうように言われている。だが、時間があるので先に行って松代で昼飯を食べれば、向こうでゆっくりとコーヒーを飲める。そもそも、庁舎の喫茶店で本格的なコーヒーが飲めるとは思えない。

「嫌です」

貝田は首を左右に振ると、立ち止まった。

「どうした?」

神谷は振り返って尋ねた。

「出発まで二時間三十九分四十秒あります。ここから戸隠《とがくし》まで十八キロ、車なら三十分で行けます。移動時間を引いても、一時間半あれば、最低でも三軒は回れますよ」

貝田は左手首のスマートウォッチを見ながら興奮気味に答えた。

「何の話だ?」

神谷は肩を竦めた。

「戸隠と言えば、蕎麦でしょう。戸隠で蕎麦の名店巡りをするんです」

貝田の目が据《す》わっている。思い詰めている時の顔だ。貝田は肉料理も好きだが、蕎麦には目がない。長野に出張と聞いてあらかじめ調べてきたのだろう。

「戸隠か。反対方向だがな」

神谷は頭を掻いた。蕎麦は神谷も大好物だ。戸隠は長野市の北で松代は南に位置する。

片道十八キロと言っても、それだけ松代から離れることになるのだ。

「時間通りに行動すれば、方向は関係ありませんよ」

貝田が腰に手を当てて正論を言った。いつもは頼りないが、興味があることになると人が変わったようにできる男になる。

「分かった。付き合ってやる。運転はおまえがしろ」

神谷はポケットから車のキーを出し、貝田に投げ渡した。

三十分後、貝田は戸隠観光情報センターの裏手にある駐車場に車を停めた。

「この界隈《かいわい》だけでも名店と言われる蕎麦屋さんが五、六軒あるんですよ。凄いでしょう」

両眼を見開いた貝田は、両腕を曲げて鶏《にわとり》のようにばたばたさせた。横隔膜《おうかくまく》の運動らしい。この運動で頭だけでなく胃腸を目覚めさせると本人から聞いたことがある。だが、傍から見ると滑稽《こっけい》を通り越し、気味が悪い。

「それって、朝の運動じゃないのか？」

神谷は鼻先で笑うと車を降りた。一瞬身震いした。山間《やまあい》だけにかなり気温が低いらしい。おそらく十五度前後だろう。

「朝食前もしますが、ここぞっていう時に横隔膜運動で、胃腸を刺激するんですよ。うまい蕎麦を何杯も食べたいでしょう？　一緒にしませんか」

貝田は腕を動かしながら運転席から離れた。貝田は「横隔膜運動」と呼んでいるが、神谷は〝にわとり体操〟と命名している。

「体調に合わせて食べる。それが自然だろう。無理に腹を空《す》かせようとは思わない」

神谷は周囲を見回しながら言った。貝田の行動を他人に見られたら、一緒にいる神谷もおかしなやつだと思われるからだ。

「とりあえず、目の前の店から攻めますか」

貝田は首をぐるりと回し、「神様の言うとおり」と呟きながら右の人差し指を交互に動かした。

駐車場の反対側に〝葉隠《はがくれ》〟と〝ゆたかや〟という二軒の蕎麦屋が並んでいる。貝田の指先は〝葉隠〟で止まった。

貝田は迷うことなく〝葉隠〟の暖簾《のれん》を潜《くぐ》り、引き戸を開けて入って行く。

「むっ！」

引き戸を閉めようとした神谷は、頰をぴくりとさせて暖簾の隙間《すきま》から振り返った。視界の片隅に長髪の男が入る。一瞬目が合ったが、さりげなくかわされた。身長一七五、六センチ、作業服を着ている。

神谷は店から出て男の後ろ姿を追った。男はゆっくりと遠ざかり、建物の陰《かげ》に消えた。特別に怪しいという雰囲気《ふんいき》はない。むしろ悠然《ゆうぜん》としており、緊張感がない。視線を感じて振り返ったのだが、白峰ホテルで感じた人の気配と同じだと思ったのだ。

スカイマーシャルという職業は、乗客に紛《まぎ》れて民間機に乗り込んで目的地まで行く。その繰り返しで、定期的に厳しい対テロ訓練や座学を受ける。犯罪的でない限り、乗客のトラブルは客室乗務員に対処を任せる。実際、神谷が職務中に危険だと判断した事例はほとんどなかった。

だからといって、空の旅を楽しむようなことはない。飛行機に乗る前から乗客を徹底的《てってい》に観察する。顔付きはもちろん服装や会話などから、その人物の性格や生活や職業まで推測するのだ。怪しいと思えば、その乗客をマークした。スカイマーシャルは必要と判断すれば、機上で取り調べることもできる。

飛行機を降りてからマークした乗客を調べると、犯罪者だったり、前科者だったりと神谷の推測が外れたことはなかった。訓練の成果もあるが、スカイマーシャルになる警察官は研《と》ぎ澄《す》まされた感覚の持ち主でなければならないのだ。

「どうしたんですか？　注文しちゃいますよ」

貝田が店から顔を覗かせて言った。

「すぐ行く」

首を振った神谷は再び暖簾を潜った。

4・三月十一日PM1：00

午後一時。

パイプ爆弾の証拠品を載せたパトカーが、予定通り県庁内の駐車場を出発した。その後ろに不発弾を積んだ機動隊の小型装甲車両が続き、神谷がハンドルを握るジープ・ラングラーが二台の車両に付いて行く。

不発弾は、昨日機動隊の爆発物処理班によって防爆サークルと呼ばれる筒型携帯《けいたい》のバッグに収められている。貝田は防護服を着て中を見たいと言ったのだが却下《きやつか》され、外観を撮影した写真だけ見せられた。本部長から県庁の敷地内で写真の撮影以外の行為《こうい》を禁止されたからだ。

神谷は助手席の貝田をチラリと見た。戸隠では蕎麦屋を五軒もはしごし、神谷は三軒だけ付き合っている。蕎麦で腹を満たした貝田は、県警本部に戻る途中で眠くなったらしく、運転を代わった。

「子供か」

神谷は貝田が十秒と掛からずにイビキを掻き始めたので苦笑した。

先導するパトカーには多部が自ら乗り込んでおり、今回の事件の対応に県警がいかに力をいれているかがよく分かる。

爆弾は、副知事が参加する米国大使館職員らを歓迎するレセプションを狙ったことは明白だ。だが、レセプションの妨害《ぼうがい》工作なのか、副知事あるいは大使館職員たちの殺害が目的だったのかは犯行声明も出ていないので分からない。

神谷は、二つの爆弾の位置関係に着目していた。パイプ爆弾はレセプション開始後には、人があまり通らない通路に置かれていたことからもその役割が殺傷ではないと見ている。貝田は爆発したパイプ爆弾は、半径六、七メートルなら殺傷能力もあると言っていた。だが、人が通らない場所に置かれたのなら、人に危害を加える目的ではなかったのだろう。最初の爆発でレセプション会場はパニック状態に陥《おちい》ったらしいが、ホテルの従業員が反対側の出入口から人々を手際よく避難させた。その出入口近くに不発弾があったのだ。もし、その爆弾が爆発していたら大勢の死傷者が出ていたはずだ。パイプ爆弾は囮《おとり》で、二つ目の爆弾が本命だとみて間違いないだろう。また、不発弾は、宅配便の小さな段ボール箱に収められていたために誰も怪しまなかったらしい。

段ボール箱を開けたホテルの従業員も、時限装置のタイマーが動作していなかったため、最初は爆弾だとは思わなかった。だが、よくよくみると、タイマーから配線が延びているので現場に駆けつけた警察官に知らせたようだ。

先導のパトカーは国道117号から県道35号・長野真田《さなだ》線を経由し、松代バイパスに入った。周囲は低い山が連なる長閑《のどか》な風景が続いている。雲は多いが概《おおむ》ね晴れており、気温は二十度近く、仕事でなければ絶好のドライブ日和《びより》である。

「庚申塚《こうしんづか》って知っています？」

突然貝田から話しかけられた。

「いきなり声を出すな。驚くだろう。いつから起きていたんだ？」

神谷は横目で見ると、貝田は後ろを振り返って窓の外を見ている。

「今、『庚申』と刻まれた石塔が道端に立っていたので、庚申塚かなと思って聞いただけですよ。それに僕はずっと起きていましたから」

貝田は膨《ふく》れっ面になった。

「おまえのいびきを聞かされていたけどな」

神谷は心の中で数を数えた。たまにだが、貝田と話をしていると、首を絞《し》めたくなる。以前、外山や尾形にそのことを話すと奇異な目で見られてしまった。おかしいのは神谷らしいのだ。

先導のパトカーが右折し、五百メートルほど先にある三階建ての建物の前を通り過ぎ、次の角で曲がって建物裏手にある駐車場に入った。三階建ての建物の庇《ひさし》には、警察機動センターと記されている。神谷はパトカーの横に車を停めた。長野県の科学捜査研究所は、この建物の中にあるのだ。

神谷がパトカーの隣りに車を停めると、機動隊の車両は駐車場の中央に停止した。その前には土嚢がサークル状に一メートルほどの高さに積まれている。

防護服を着た機動隊員が防爆サークルを抱えて土嚢のサークルの中に入った。不発弾は幅が三十七・三センチ、奥行きが十二・四センチ、高さが十六・四センチのスチール製の市販の道具箱である。上部の蓋《ふた》に配線に繋がれたタイマーが貼り付けてある。防護服を着た機動隊員が空になった防爆サークルを手に外に出た。

パトカーから降りた多部が、建物の裏口から出てきたスーツ姿の男性と話し始めた。

「えっ。待ってください。上岡《かみおか》所長。解析しないんですか？」

多部が声を上げた。一緒にいる男性は、科学捜査研究所の所長らしい。

神谷と貝田は顔を見合わせ、多部に近付いた。

「一応、ポータブルX線検査装置で調べますが、金属製の箱ですから中の様子は分からないと思います。蓋を開けた途端《とたん》爆発する可能性があります。ここで爆発させるわけにもいきませんので、犀川《さいかわ》の河原にある運動場で爆破処理するのがいいと思います」

上岡は首を横に振った。科学捜査研究所では分解するつもりはないようだ。

「すみません。東京からアドバイザーが見えています。彼らに意見を聞いてもいいですか？」

多部は助けを求めるように神谷に尋ねてきた。

「あの〜」

貝田が小さな声で言った。彼は基本的に初対面の男性は苦手で、自分より身長の高い男性に恐怖心があるらしい。上岡は一七八センチほどで、貝田よりも六センチほど高いのだ。

「何かアドバイスがあれば、お聞かせください」

多部は神谷に目配せをして言った。

「遠慮《えんりょ》するな。おまえは最高の技術者だ。意見を聞かせてくれ」

神谷は優しく貝田の肩を叩いた。豚も煽《おだ》てればなんとやらである。

「まあ、そうですけど。写真で時限爆弾の上部を見たんですが、構造は簡単だと思います。少なくともトラップコードはないと思います」

貝田は得意げに答えた。

「テロリストは解除されるのを防ぐため、時限爆弾にトラップコードを使うことが多い。だが、時限装置のコードが二本だけです。どちらかを切断すれば、完全に無力化できると思います。タイマーも消えているのでトラップコードがないなら、二本とも切断すればいい。ということかな?」

神谷は貝田に尋ねた。

「そういうことです。サイズからして、プラスチック爆弾でも使わない限り、爆発力は大したことはありませんよ」

貝田は何度も頷いてみせた。

上岡は腕組みをして渋い表情のままだ。万が一爆発した場合を心配しているのだろう。

「しかし……」

「なんなら、私がコードを切断します。その後の解体を貝田に任せます。内部で爆薬と雷管を外せば、安全になります」

神谷は上岡の顔を覗き込んだ。

「……分かりました」

上岡は渋々承知した。職員を危険に晒《さら》さないというのが条件らしい。

五分後、防護服を着た神谷が土嚢のサークルに入り、時限爆弾が映るように科学捜査研究所の備品である小型のビデオカメラを二台設置した。多部らが作業を見守ることもあるが、爆発する危険性も踏《ふ》まえて映像を証拠品として残すためである。

「切断します」

神谷は音声が入るように声に出し、ニッパーでタイマーのコードを二本とも切断した。

サークルから出ると、入れ替わって貝田が時限爆弾の前で跪《ひざまず》いた。

神谷は十五メートル離れた場所に駐車してある機動隊の装甲車両の陰に入る。ノートPCが設置してあるテーブルが置かれ、時限爆弾の映像がディスプレーに映っているのだ。ビデオカメラにはWi-Fi機能があり、リアルタイムにノートPCに映像を映すだけでなく、録画もしている。

多部と上岡が画面を覗き込んでいた。

神谷は多部の肩越しにノートPCの画面を見た。

――そろそろ始めますよ。

ノートPCから貝田の陽気な声が聞こえる。神谷と貝田は、無線機を付けているのだ。時限爆弾の解除ができると貝田は浮かれている。十五メートル離れていることもあるが、貝田は呟くように小声で話すので、無線機を使って正解だった。

「はじめてくれ」

神谷は自分の無線機で貝田に知らせた。

――それでは、爆子ちゃんの解体をはじめます。

貝田は時限爆弾に「爆子」という名前を付けたようだ。

――まずは、蓋を開けます。おおーっと、これは凶悪だ。上部のプレートに釘《くぎ》が敷《し》き詰めてあります。爆発したら、半径十メートルの殺傷能力がありますね。爆子ちゃん、早くも必殺技が炸裂《さくれつ》です。

貝田はプロレスの実況中継のような口調で解説をはじめた。

多部と上岡が顔を見合わせてから神谷を見た。

「気にしないでください」

神谷は苦笑するほかない。

——それでは配線に触らないように爆子ちゃんから釘のてんこ盛りプレートを取っちゃいます。

ノートPCの画面にびっしりと釘が入れられたプレートが、取り外された。その下にピンク色の物と筒状の物が入っている。

——おお！　なっ、なんと、この可愛《かわい》らしいピンク色はアンホ爆薬ではありませんか。しかも起爆のためにダイナマイトが添えられている。ダイナマイトは雷管の代わりになっているんですね。だからダイナマイトに配線が繋がっているんです。それでは安全化するためにダイナマイトも取り外します。

貝田はピンセットでダイナマイトの配線を摑んで引っ張った。

「ぎゃ！」

無線機ではなく、貝田の叫び声が直に聞こえた。

貝田がサークルから飛び出す。

直後、時限爆弾が爆発し、貝田は宙を飛んだ。

5・三月十一日PM2:30

午後二時三十分。長野松代総合病院。

神谷はMRI検査室前の廊下に立っていた。

警察機動センターの駐車場で、解体中の不発時限爆弾が爆発し、作業を行なっていた貝田が巻き添いになった。防護服を着た貝田は、まるで爆風で吹き飛ばされたかのように見えたが、慌てて逃げた際に躓《つまず》いて派手《はで》に転んだらしい。何に驚いて逃げて爆弾の直撃を免れたのか、貝田からまだ事情を聞けていないので分かっていない。

転んで宙を飛んだ貝田は、防護ヘルメットを被っていたにもかかわらず地面に頭を激しく打ったショックで気絶している。そのため、救急車で近くの病院に運ばれたのだ。

救急救命室での診察で外傷はないと判断されたが、目覚めた貝田は「知らない天井《てんじょう》だ」と天井を見つめて呟いたそうだ。しかも、担当していた医師に向かって笑顔で「分かりますか?」と尋ねたらしい。貝田の様子に怯《おび》えた医師は、すぐさまMRI検査の指示を出したのだ。

「とんだことになってしまい。本当に申し訳ないです。まだ、検査中ですか」

多部が現れて遠慮がちに尋ねた。警察機動センターの爆発現場処理を部下に任せ、神谷と一緒にパトカーで病院まで来ている。だが、何度も現場の部下から電話が掛かってくるため、その度に階段室を往復していた。

「もうすぐ終わるでしょう。心配はありませんよ」

神谷は軽い調子で答えた。付き添いとして病院にいるだけで、貝田のことはあまり心配していない。不発弾を処理する際に爆発の威力を増すための釘を載せたパレットを外している。土嚢が積まれていたこともあるが、爆薬だけの爆発だったので威力はなかったのだ。医師は貝田が目覚めた時に普通の反応ではないと判断したらしいが、彼を知っている者なら、いつも通りだと思うだろう。

検査室のドアが開き、担当の秋元《あきもと》医師が現れた。

「先生。貝田さんはどうですか？」

多部は医師に頭を下げて尋ねた。

「脳震盪《のうしんとう》を起こしたようですが、ＭＲＩの画像からは異常は認められませんでした。問題はないと思われます」

秋元は表情もなく答えた。

「よかった。様子がおかしいと聞いたので心配していました」

多部はポケットからハンカチを出し、額《ひたい》の汗を拭《ふ》いた。外部のアドバイザーを強引に呼び寄せた責任を感じているのだろう。

「脳震盪を起こした患者さんによくある現象で、珍しいことではありません。中には衝撃を受けた前後の記憶をなくす患者さんもいます。とりあえず、入院していただき、明日の朝まで経過観察した方がいいでしょう」

秋元は神谷と多部を交互に見て言った。

「了解しました。私が入院手続きをしますので、神谷さんは貝田さんに付き添ってもらえますか」

多部は一礼すると、足早に立ち去った。

看護師が押す車椅子に乗った貝田が、検査室から出てきた。肩を落とし、げっそりとしている。病院での検査は誰でも疲れるものだ。

「確か五階の個室が空いていたはずです。案内してもらえますか？」

秋元は車椅子を押している看護師に告《つ》げた。

「ナースステーションで確認し、ご案内します」

看護師は医師に会釈《えしやく》すると、車椅子を押し始めた。

「大丈夫か？」

神谷は貝田に尋ねてみた。

「シンジの台詞《せりふ》を言ってみたかったんです」

貝田は小さな声で答えた。

「なんのことだ？」

神谷は首を捻った。

「エヴァンゲリオンの第二話を知らないんですか？　これだから」

舌打ちをした貝田は、鼻から息を漏らした。いつものことだが、自分の得意分野になると上から目線になる。

「アニメだろう？　聞いたことはある。だが、俺は中学まで海外にいたからよく知らないんだ」

神谷は首を振った。帰国したのは二〇〇〇年の四月で、都内の高校に入学するのにどたばたした記憶がある。エヴァンゲリオンの主人公は少年で、ガンダムのように巨大な人型戦闘兵器に乗り込むアニメらしいということは当時ファンだった友人から聞いたことがある。

「一九九五年十月十一日に放映された第二話のタイトルが、『見知らぬ、天井』です。もっとも、物語では西暦《せいれき》二〇一五年の出来事です。エヴァンゲリオンの初号機に乗り込んだ主人公の碇《いかり》シンジは、第一話で襲来した『使徒』と壮絶な闘いをするのです。なんとか『使徒』を撃退するのですが、気を失ったシンジは第3新東京市の病院に搬送されるのですよ。まさに今回、使徒と闘った僕と重なりませんか？　第二話の冒頭のシーンを再現するべく、病室で目覚めた時『知らない天井だ』と呟いたのです。もっとも、地球の危機を知らない医師には通じませんでしたが」

長々と説明した貝田は、不満そうな顔をした。いつの間にか不発弾をアニメに出てくる怪物に置き換えているようだ。

「ここで少々お待ちください」

車椅子を押していた看護師が、神谷らを廊下に残してナースステーションに入って行った。笑うのを我慢していたようだ。

「通じるか！　誰もがエヴァンゲリオンのファンだと思ったら大間違いだぞ」

神谷は舌打ちをした。まじめに話を聞いて損をした気分である。

「そうですかね。エヴァンゲリオンは未だにコアなファンが大勢います。あの世界を知らないなんて可哀想《かわいそう》な人だ。人生台無しですよ」

貝田は神谷を見て溜息を漏らした。完全に見下している。

「勝手に他人を憐《あわ》れむんじゃない。ところでどうしてあの不発時限爆弾が爆発すると分かったんだ？」

神谷は聞きたくてうずうずしていたのだ。

「釘が盛られたプレートを外したら、時限装置とは別の配線がプレートと繋がっていたんです。確認しようとプレートを持ち上げたら、配線が外れたんですよ。その瞬間、これはトラップだと気が付いたんです。というのも、起爆装置であるダイナマイトに繋がっているＬＥＤライトが点灯したんですよ」

貝田は自慢げに言った。確かに常人では気が付かなかったかもしれない。

「まあ、気が付いたのは上出来だ。命拾いしたな。それで、爆弾を分解して何か分かったことはあるか？　シンジ君」

神谷はわざとアニメの主人公の名で呼んだ。

「アンホ爆薬は、安価でちょっとした刺激では爆発しないので安定しています。そのため、工事現場などでよく使われます。メーカーでは着色した軽油を使っているのでピンク色をしていたわけです。それから工事現場では耐静電気雷管が使われますが、あの爆弾はダイナマイトを雷管の代わりに使っていました。アンホ爆薬もダイナマイトもどこかの工事現場から盗んだのでしょう」

笑みを見せた貝田は、早口で説明した。シンジと呼ばれたことで頭の回転が速くなったようだ。ゾーンに入ったのかもしれない。

「それじゃ、盗難届が出ている工事現場を探せばいいのか？」

神谷は腰を落とし、貝田と目を合わせた。

「あんな少量では、届け出はしないでしょう。そもそもあそこで爆発したのは、不発だった場合に証拠を残さないための自爆装置のようなものです。爆発前ならアンホ爆薬の成分でメーカーが特定できたかもしれませんが、それも無理です。犯人は相当頭のいいやつですよ」

貝田は肩を竦めてみせた。

「証拠隠滅を図ったというわけか。おまえのようなマニアならともかくプロの犯行だな」

神谷は眉間《みけん》に皺《しわ》を寄せた。パイプ爆弾は多少の知識があれば、誰でも作れる。だが、自爆装置まで装備していたとなれば、話は変わってくるだろう。というか聞いたことがない。

「お待たせしました」

看護師が鍵を手に、戻ってきた。

「よろしくお願いします」

神谷は立ち上がって頭を下げた。

6・三月十一日PM7:00

神谷は、長野白峰ホテルの客室でシャワーを浴びていた。

貝田が入院している病院では新型コロナの流行のため面会を制限しており、付き添いもできないことになっている。

どうせ泊まるならと、爆発現場となったホテルにチェックインしたのだ。ホテルは二階のフロアは当面使えそうにないが、他の業務は通常通り行なっている。

浴室から出た神谷は、ジーパンにトレーナーとラフな格好に着替えた。探偵課の責任者になってから毎日スーツを着るように心掛けている。だが、未《いま》だに首を締めつけるネクタイや袖回《そでまわ》りが窮屈《きゅうくつ》なジャケットに慣れることない。

「ふう」

小さな溜息を吐き出した神谷は、腕時計を見た。午後七時を過ぎたところだ。ジャケットを着ると、部屋を出て階段で二階に下りた。

二階のフロアはエレベーターホールの非常灯を残して消灯されている。明日まで現場を保全することになっていたが、今日の解体作業中の爆発で延長されるかもしれない。

神谷はポケットからハンドライトを出し、エレベーターホールを右に進んだ。もう一度パイプ爆弾の爆発現場を調べようと思っている。プロが絡《から》んでいるのなら、証拠は残さないだろう。だが、何か見落としがないか調べる価値はあるはずだ。

街に出て軽い食事を摂ったら、多部を訪ねて県警本部に行くつもりだ。多部は徹夜かもしれないと言っていた。不発時限爆弾が爆発したせいで仕事が増えたのかもしれない。

「……！」

北側の廊下の入口に立った神谷は眉を吊り上げた。爆発現場に人影があるのだ。しかもその体形に見覚えがある。戸隠で見かけた男に違いない。男はみじろぎもせずに立っていた。神谷の気配を察知していたのだろう。

「そこで、何をしている？」

神谷はハンドライトを男の顔に当てた。男は右手で目元を隠した。長髪を後ろで結んでいるのか、髪型が違う。

「おまえは、犬か？」

男は右手で顔を隠したまま突進してくると、神谷の右手をいきなり蹴《け》った。素早く手を引っ込めたが、ハンドライトを蹴り飛ばされた。

「手荒な挨拶だな」

神谷は左右のパンチで反撃する。

「警官じゃないのか？」

男は軽くかわすと、肘打ちから掌底《しょうてい》打ちを放つ。空手やボクシングとも違う意表を突く攻撃で、無駄がなく合理的とも言える。しなやかな動きは、中国拳法かもしれない。しかも、不思議なことに存在感を感じないのだ。闘う時でも気配を消しているのかもしれない。

「元警官だ」

神谷は相手の掌底打ちを左手の甲で弾《はじ》き、顎を狙って右縦拳《たてけん》を繰り出す。警察官なら武力に訴えることはないと言いたいのだろう。

「ほお。古武道も使うのか？」

男は左手で受け流し、右縦拳の力を利用したかのように体を回転させると同時に飛んだ。

「どうした？　もう休憩《きゅうけい》か？」

舌打ちして、神谷は尋ねた。男は神谷の攻撃を利用して出入口に近い位置に体勢を入れ替えたのだ。負ける気はしないが、勝てるとも思えない。二、三手交《か》わしただけだが、男の体術は神谷を上回るかもしれない。

「俺の敵になるな」

男はそう言うと踵《きびす》を返して突然走り出し、階段室にあっという間に消えた。

「何だったんだ？」

神谷は呆気《あっけ》に取られてその場に立ち尽《つ》くした。

重要参考人

1・三月十一日PM8:10

三月十一日午後八時十分。長野《ながの》県庁舎本館九階、警察本部刑事部。

神谷《かみや》は多部《たべ》のデスク横の折り畳《たた》み椅子《いす》に座っていた。証拠品の書類を作ったので目を通して欲しいと言われたのだ。貝田《かいだ》も呼ばれていたのだが、刑事部の部屋に入るのは生理的に難しいと断られている。

刑事部はデスクが並ぶ大部屋である。神谷は機動隊からSATを経《へ》て、スカイマーシャルになったが、刑事部のように沢山《たくさん》のデスクがある部屋で仕事をしたことは一度もない。この時間に自分のデスクで仕事をしているのは数人であるが、それでも大部屋の雰囲気《ふんいき》に馴染《なじ》めずに神谷は居心地が悪かった。

「本館の会議室が空いていればいいんですが、申し訳ないです」

多部は内線電話をかけている最中に神谷に気を遣って頭を下げた。二分ほど前に電話がかかってきたのだが、その電話に関係があるのか刑事部が慌ただしくなった気がする。

「二十分後に、捜査会議を開くことになりました。恐れ入りますが、傍聴《ぼうちょう》していただけますか？」

多部は受話器を戻すと、尋ねた。

「何か進展があったのですか？」

神谷は首を傾《かし》げた。刑事という職種に就《つ》いたことはないが、夜中に捜査会議が開かれるというのは普通でないことは分かる。

「不発時限爆弾に付いていた指紋の持ち主が分かったのです」

多部は声を潜《ひそ》めた。捜査会議で発表することだからだろう。

「容疑者が見つかったということですね」

神谷は小さく頷いた。

「そうです。指紋の照合に少々手間取りました。県警のデータベースでは見つからなかったので、警視庁にデータを送って調べてもらいました。すると、県内在住の黒井《くろい》雅治《まさはる》という人物の指紋と一致したんです」

多部は周囲を見回しながら答えた。

「県外で逮捕歴があるんですね」

神谷は相槌を打った。捜査会議は、指紋の持ち主が割れたので捜査員に張り込みの組み分けでも行なうのだろう。その前に必要な情報が得られれば、部外者である神谷は会議に出なくてもいいはずだ。元刑事なら抵抗はないだろうが、刑事部の経験がないだけに違和感を覚える。ある意味貝田と一緒で、警察官が沢山いる場所に行きたくないという心理があるのだろう。

「七年前に黒井は、千葉《ちば》県で喧嘩沙汰《けんかざた》を起こして逮捕されたことがあるそうです。六人の男を気絶させたとか。もっとも、後に男たちが酔っ払って女性に絡んでいたところを黒井が助けたことが分かり、釈放されました。被害に遭《あ》った女性が名乗りでて事情が明らかになったのです。しかも、その中の二人の男たちは強姦《ごうかん》で指名手配されていました」

多部は鼻先で笑った。現場の状況だけで黒井が一方的に暴力を振るったと判断したことに呆《あき》れているらしい。

「警視庁は全国から犯罪者のデータを集めていると聞きました。助かりましたね」

神谷は首を振った。容疑は晴れたのに、逮捕時に採取した指紋が、そのまま警察のデータベースにアップされていたということだろう。黒井にとって親切が仇《あだ》になったらしい。

「まあ、怪我《けが》の功名ですな。彼は群馬《ぐんま》県吾妻《あがつま》郡東吾妻町の生まれですが、全国を転々としているようです。長野市に住民票が残っていますので、長野県警の管轄《かんかつ》になります。ただ、住民票の松代《まつしろ》にある住所のアパートには何年も戻っていないようです」

多部は肩を竦《すく》めた。

「警視庁のデータベースには指紋だけじゃなく、顔写真もあったんですよね？」

神谷は笑みを浮かべて尋ねた。

「もちろんありましたよ」

多部は眉をぴくりと動かした後、苦笑した。神谷に乗せられて情報を流していることにようやく気が付いたらしい。

「お上手《じょうず》ですな」

苦笑した多部はデスク上のノートPCを操作し、顔写真をディスプレーに映した。

「なっ！　……この人物が黒井雅治なんですか？」

神谷は思わず声を上げた。ホテルで遭遇した長髪の男である。

「知っているのですか？　黒井を」

多部は神谷の顔を覗《のぞ》き込んだ。

「少なくとも二度会っています」

神谷は事情を話した。黒井は事件を調べる神谷を尾行《びこう》していたのだろう。また、先ほどは神谷の行動を見越して待ち伏せしていたのかもしれない。あくまでも憶測の域を出ないため、事実だけを言った。

「驚きましたね。犯人は現場に戻ると言われますが、これで決まりですな。捜査会議で証言してください」

多部は、嬉しそうに神谷の肩を叩《たた》いた。

2・三月十一日PM10：20

午後十時二十分。

ホテルの自室に戻った神谷は、投げるようにジャケットを椅子に掛けた。捜査会議が終わるまで付き合わされ、今帰って来たのだ。

「疲れた」

神谷は服を着たまま倒れるようにベッドに横になった。

会議の冒頭で多部から紹介されたのだが、本題に入る前に〝警視庁認可アドバイザー〟とは何かという質問からはじまっている。それに対し神谷は警視庁で爆発物処理を含めた特殊な訓練を受けた警察官だったと説明したところ、意外にも納得してくれたようだ。多分SAT出身と理解してくれたのだろう。SATもスカイマーシャルも退職後の守秘義務があるため、あえて所属は最後まで言わなかった。

三十分ほど、黒井について質疑応答した後で、多部は張り込みと聞き込みの組み分けをした。神谷は途中で抜け出すこともできずに傍観していたのだが、会議の終わりに部下で刑事部主任の早川順平《はやかわじゅんぺい》と組んで捜査に参加してくれるよう、多部から要請された。捜査の専従班は決められているので、神谷らはオマケみたいなものなのだろう。

とはいえ神谷は黒井と接触した唯一の存在なので、黒井が人質を取って籠城《ろうじょう》するなど予期せぬ事態に陥った際に、交渉役をして欲しいと頼まれたのだ。

ドアがノックされた。

ベッドから下りた神谷は、ドアスコープを覗いた。

「なっ！」

眉を吊り上げた神谷はドアを開けた。

「ちわーす」

貝田が右手を陽気に振りながら入ってきた。

「何やっているんだ。病院を抜け出したのか？」

「人聞きが悪い。裏口からこっそり出たわけじゃなく、ちゃんと正面玄関から出てきましたから。晩御飯がお粥《かゆ》だったんですよ。僕は元気なのに、それはおかしいですよね。それで、自らの判断で退院したんです」

貝田は偉そうに胸を張ってみせた。

「許可を得ていないのなら、抜け出したというんだ」

神谷は大きな溜息を吐いた。

「まあまあ、堅いことを言わずに」

貝田は左手に提《さ》げていた買い物袋を窓際のテーブルの上で逆《さか》さに振ってみせた。テーブルの上にばらばらと様々な食べ物が落ちる。〝彩《いろど》り野菜チップス〟、〝鹿肉ジャーキー〟、〝腸詰サラミ〟、〝さんしょうの種〟、〝食べるラー油きのこ〟、〝スモーク信州サーモン〟など、どれも長野名物ばかりだが、どうみても酒の肴《さかな》である。

「まったく。一杯やりたい気分になったよ」

苦笑した神谷は、別の買い物袋の中を見た。だが、コーラやジンジャエールなど、炭酸飲料のペットボトルだけで酒の類《たぐい》はない。

「駅前の土産《みやげ》物屋さんで買い漁《あさ》ってきました。お疲れだと思うので、一緒に酒の肴を食べて元気を出しましょう」

貝田は嬉《うれ》しそうに答えた。

「普通、酒の肴はなあ、酒があってのものだ」

神谷は部屋に備え付けの冷蔵庫を開けた。昔のホテルは、ビールやウィスキーのミニチュアボトルなどを置いていたものだが、最近のホテルではあまり見かけない。その代わり、ミネラルウォーターの五百ミリリットルのペットボトルが二本入っている。

「僕はコーラか、ミネラルウォーターで充分ですよ。気を遣わなくていいですから」

貝田はわざとらしく右手を振った。

「気を遣ってほしいのは、俺だ。……ビールを買ってくる」

頭を掻《か》きむしった神谷は、空になった買い物袋を手に部屋を出た。神谷は他言語話者であるが、たまに自分でもボキャブラリー不足で苛立《いらだ》つことがある。スカイマーシャルの職に就いた際、国際線に搭乗することから英語で思考するように訓練した。また、退職後の数年間、ヨーロッパを放浪し、日本語を使うこともなかった。

言い訳かもしれないが、それが原因で英語の思考回路に固定化され、咄嗟《とっさ》に日本語が出てこない状態に陥っていると自分なりに分析している。無神経な貝田に対して、適切な日本語での切り返しが浮かばなかった自分に腹が立ったのだ。

神谷は階段で一階まで下りた。この時間は閉店しているが、一階には小さな売店があり、その隣りにビールやサワーなど酒類の自動販売機があるのだ。

「うん？」

神谷はラウンジを見て眉を吊り上げた。明かりが消えたラウンジのテーブル席に二人の男が座っている。一人は早川なのだ。多部に早川は柔道と剣道、それに逮捕術の達人と紹介されたので、神谷の護衛として付けたのかもしれない。それにしてもホテルにいるというのは護衛というより、神谷らを監視している可能性がある。

二人ともエントランスの方を見ているので、神谷に気付いていないらしい。

「どうしたんですか。早川さん？」

神谷は自動販売機でビールを五本買うと、ラウンジまで行って声を掛けた。

「あっ。神谷さん。……今晩は」

早川が慌てて立ち上がって頭を下げると、同僚と思われる男も同様に一礼した。捜査会議に出席していた福永光一《ふくながこういち》巡査部長である。会議で行なわれた組み分けを漫然と聞いていたが、それでも神谷は全員の顔と名前は覚えていた。

これもスカイマーシャルの訓練の賜物《たまもの》であるが、乗客の名前と顔を覚えれば緊急時に対処できるからである。スカイマーシャルは超がつくエリートと言われるのは、そんな常人離れした能力も求められるからだ。

「夜中までご苦労さまです。打ち合わせですか？」

神谷は二人の向かいの席に座ると、ビニール袋から三本のビールを出してテーブルに載せた。

「いや、これは。……勤務中なので」

早川は同僚と顔を見合わせ、右手を横に振って腰を下ろした。

「勤務中？　そうですか」

神谷はわざとらしく聞き返し、缶ビールのステイオンタブを開けた。

「実は、黒井が現れないか警戒《けいかい》しているのです」

早川は神谷の缶ビールを見つめながら答えた。嘘《うそ》ではないらしい。

「なるほど。私は囮《おとり》というわけだ」

神谷は頷きながら缶ビールを呷《あお》った。黒井は松代に住民票があるものの、アパートには寄り付かないと聞いている。そのため、黒井がまた神谷に接触してくる可能性を探っているのだろう。

「囮は大袈裟《おおげさ》ですよ」

早川は同僚の顔を見て苦笑した。図星ということだ。

「ひょっとして、チームでこのホテルを見張っていますか？」

神谷は福永を見て尋ねた。

「えっ。いや、その」

福永は口籠《くちご》もった。

「福永さんは、四人のチームとして組み分けされていましたよね。松代にある黒井のアパートの張り込みは二チームだったはずです。一チームを松代に派遣し、あなたのチームがこのホテルの担当になったのですね」

神谷は確信を持って言った。

「……参りました。御察しの通りです。松代のアパートに人気《ひとけ》がないので、急遽《きゅうきょ》、ホテルの張り込みになったのです」

福永は首を振って答えた。

「失礼します。神谷様ですね」

フロントマンが尋ねてきた。

「はい。そうですが」

神谷はさりげなくテーブルの缶ビールを買い物袋に戻した。白峰ホテルは古いがそれなりの格式がある。営業時間を過ぎたとはいえラウンジに缶ビールを持ち込むのは、常識外れの行為《こうい》だからだ。

「さきほど、従業員が他のお客様から神谷様宛《あて》のメッセージを預かりました」

フロントマンは小さな封筒を神谷に渡し、フロントに戻った。

神谷は封筒からメッセージカードを出した。このホテルのメッセージカードと封筒である。

「うーむ」

メッセージを読んだ神谷は、唸った。〝武田《たけだ》神社の伊《い》奥誠也《おくせいや》に会って、俺を追え。黒井〟と書かれているのだ。

「これは、黒井からのメッセージじゃないですか！　我々が張り込みをしているのに、このホテルに入り込んだということですか？」

早川は声を上げ、腰を浮かした。

「重要参考人に逆指名されたらしいな」

神谷はふっと息を漏らし、立ち上がった。

3・三月十二日AM9：00

三月十二日、午前九時。

神谷の運転するジープ・ラングラーは、長野自動車道を走っていた。

二時間前にホテルを出発しており、隣県の甲府《こうふ》市古府中町《こふちゆうまち》に向かっている。貝田は例によって後部座席で眠っており、助手席に座っているのは早川だ。

昨夜、爆弾テロ事件の重要参考人とされている黒井から神谷宛に「武田神社の伊奥誠也に会って、俺を追え」とメッセージを受けた。武田神社は甲府市古府中町にある神社で、武田信玄《しんげん》を祀《まつ》ってある。日露《にちろ》戦争後、軍神武田信玄を祀る神社を熱望する声に応える形で、武田信虎《のぶとら》、晴信《はるのぶ》（信玄）、勝頼《かつより》の三代の館の跡地に一九一九年に創建された比較的に新しい神社である。

伊奥誠也という人物については、長野県警が山梨県警に問い合わせて調べてもらい、古府中町在住ということが分かっている。アポイントを取ろうとしたが、連絡先までは分からなかったため、直接会いに行くことになったのだ。

「伊奥は、山梨県警の調べでは武田神社の庭師だそうです。一体、ホシとどういう関係なんでしょうね」

早川は眠そうな顔で言った。昨日は交代で白峰ホテルの張り込みをしていたために寝不足なのだろう。

「長野県警では黒井を容疑者《ホシ》と呼んでいますが、私の勘では彼は犯人ではないと思います」

神谷は早川をチラリと見て言った。県警の捜査会議では、黒井を容疑者のように「ホシ」と呼んでいた。それが気になっていたのだ。物的証拠は、不発弾に使われた容器である道具箱に残された指紋だけである。先入観で捜査すれば間違った方向に向かうと、岡村から常に言い聞かされているのだ。

昨夜、黒井とホテルでほんの一瞬だが闘っている。相手も本気を出したようだが、神谷も全力を尽くした。だが、黒井の攻撃は相手を傷つけようというのではなく、神谷の力量を試していた感じがする。真剣に闘えば、相手の性格や人間性が分かる。黒井は、時限爆弾で人を殺傷するような人物ではない気がするのだ。黒井も神谷の心を覗き込み、敵ではないと悟《さと》ったのだろう。

「それなら、なぜ事件現場に戻ってきたんですか？　自分の犯罪を確認するためじゃないんですか？」

早川は不満げに聞き返した。彼も多部が言うように「犯人は現場に戻る」と信じているらしい。愉快犯ならともかく、下手《へた》をすれば死人も出た現場に、リスクを冒《おか》して犯人が二度も足を運ぶとは思えないのだ。

「マスコミには、爆発したのはパイプ爆弾でもう一つは不発弾だったと発表されただけですよね」

神谷は質問で返した。

「ええ、そうですけど？」

早川は首を傾げなが答えた。

「黒井は、現場を見ることで事件の全容を調べようとしたんじゃないかな？　犯人じゃないからこそ確かめようとしたと、考えられませんか。少なくとも、黒井を容疑者として見るには早い。重要参考人というのが正しいですよね」

神谷は黒井の顔を思い出しながら言った。目付きは鋭いが、悪人特有の冷酷《れいこく》さは感じられなかったのだ。

「現段階では、いかようにも解釈ができます。まずは時限爆弾の器に残っていた指紋の持ち主を確保することが重要だと思います」

早川は硬《かた》い口調で言った。彼も重要参考人だと分かっていたのだが、捜査会議で多部が先走って「ホシ」と言ったので捜査員としてそれに追従してしまったのだろう。実際、容疑者とすることができないので、公開手配をしていない。そのため、メディアにも指紋の件は発表していないのだ。

二十分後、神谷は武田神社の正面、南側にある駐車場に車を停めた。

「貝田！」

車を降りた神谷は後部座席のドアを開けて呼んだが、貝田はぴくりともしない。

「……まあ、いいか」

神谷はドアを勢いよく閉めたが、貝田は眠ったままだ。「朝飯だ」と言えば起きるのだろうが、朝食はホテルで食べてきた。

「そうですね。そうしましょう」

助手席から降りた早川は、肩を竦めた。貝田は聞き込みには不向きだと、判断しているのだろう。

二人は武田神社の堀に架かる神橋《しんきょう》と呼ばれる朱色の欄干《らんかん》の橋を渡った。石垣に挟まれた石段を上がり、一の鳥居を抜ける。南北に延びている石畳の参道の左右に灯籠《とうろう》が整然と並び、その先に二の鳥居があった。境内《けいだい》の植栽はよく手入れされており、二の鳥居の先にある拝殿や本殿も立派な神社だ。

「折角ですから、社務所を訪ねる前にお参りしますか？」

神谷は境内を見回して言った。伊奥はこの神社の庭師と聞いている。今どこにいるかは社務所で聞けば分かるだろう。だが、聞き込みをするにしてもお参りしないのは、不敬だと思ったのだ。

「手水舎《ちょうずしゃ》で、手を清めましょう。お参りは、この神社へのご挨拶ですから」

早川は大きく頷いた。手水舎はすぐ左手にある。

二人は手水舎で清めると二の鳥居を潜り、拝殿で手を合わせた。

「やっぱり、日本人ですね。なんだか清々《すがすが》しい気分になりました」

早川は笑顔を浮かべた。

「社務所に行きましょうか……」

神谷は左手に歩き出し、ふと立ち止まった。社務所から出てきた紺《こん》色の法被《はっぴ》を着た男に目を囚われたのだ。男は神谷らとすれ違って東の方角に歩いて行く。法被の下は作業服で腰に布製の道具袋をぶら下げている。年齢は五十前後で素朴《そぼく》な感じがするのだが、足音も立てずに気配がしない。まったく隙《すき》がないのだ。

「どうかしましたか？」

早川は首を捻った。彼は法被姿の男を気にしていないらしい。

「伊奥さん、……ですか？」

神谷は数歩追いかけて男に声を掛けた。

「はい？」

男は振り返って首を傾げた。

「伊奥誠也さんですか？」

神谷は改めて尋ね、軽く頭を下げた。

「そうですが、どちら様ですか？」

伊奥は神谷の目を見据《みす》えて尋ねた。

「これをご覧ください」

早川が、ジャケットのポケットからビニール袋に入れたメッセージカードを出して渡した。すでに指紋の採取はされているが、黒井の証拠品なので特別な許可を得て持ち出したのだ。

「黒井さんが、私を指名したのですね。何かあったのですか？」

伊奥はカードを見て小さく頷き、早川にカードを返した。

「それが……」

神谷は早川を見て言葉を濁《にご》した。伊奥の協力を得なければ、捜査が進まないことは分かっている。だが、マスコミに公表していないことを民間人に話してもいいのか、その判断は神谷では下せないのだ。

「私は、長野県警の早川順平と申します。ここだけの話としてください。マスコミにも公表していませんので。先日、長野市のホテルで爆弾テロ事件があったことはご存じだと思います。あの事件の重要参考人として黒井雅治さんが捜査対象となりました。ご協力願えますでしょうか？」

早川は淡々と説明した。

「少々、お待ちください」

一瞬目を見開いた伊奥は、踵《きびす》を返して社務所に戻って行った。

「どうして、彼が伊奥さんだと分かったのですか？」

早川は訝《いぶか》しげに伊奥の背を見つめている。

「なんとなく、同じ匂いがしたんですよ」

神谷は適当に答えた。黒井と同じ雰囲気という意味だが、表現するには「匂い」という言葉がぴったりとしている。

「まさか、黒井とですか？」

早川は腕組みをして首を傾げた。感覚的な問題なので、理解してもらえるとは思っていない。

一分もしないうちに法被を脱《ぬ》いだ伊奥が戻ってきた。

「お休みを頂きました」

伊奥は二人に会釈《えしやく》すると、拝殿から東に向かって歩き出した。

神谷と早川は顔を見合わせると、伊奥に続いた。

4・三月十二日AM9：30

伊奥は武田神社の東の出入口、旧大手門から外に出ると、スタスタと路地を歩いて行く。日頃仕事で歩き慣れているのか足取りは軽い。だが、驚くべきは背中に隙がないことだった。後ろから殴《なぐ》りかかっても、恐らく避けられてしまうだろう。もっとも、神谷が格闘技に秀《ひい》でているから分かることである。

住宅街を抜けて愛宕《あたご》スカイラインを渡り、山梨縣護國神社の神明《しんめい》鳥居の右脇にある路地に入る。伊奥は無言で歩いているので、神谷と早川はただひたすら付いて行くのだが、目的地を聞くのはなぜか気が引けた。

一キロほど歩いただろうか、右手に「右矢印〝河尻塚《かわじりづか》〟」、「左矢印〝信玄公火葬塚〟」と記された看板を通り過ぎた。

伊奥は、看板から十メートルほど先の左手にある用水路に架かる石橋を渡って行く。出入口には風林火山の旗がはためいている。先ほど見た看板に記載されていた〝信玄公火葬塚〟らしい。敷地に入る際、伊奥が深々と頭を下げたので、神谷らも真似《まね》して足を踏み入れる。

十数メートル先にある石門を潜った伊奥は、〝法性院大僧正機山信玄之墓〟と彫られた立派《りっぱ》な墓に深々と頭を下げて手を合わせた。

「安永《あんえい》八年（一七七九）、土屋《つちや》右衛門尉昌次《うえもんのじょうまさつぐ》の邸宅《ていたく》跡で『法性院機山信玄大居士』と刻《きざ》まれた石棺が発見され、後に武田家の旧幕臣有志が武田信玄公のお墓として石碑を建てました。また信玄公の遺体を火葬した場所だともいわれ、火葬塚とも呼ばれています。当地の人々は、『信玄公あるいはお屋形様の墓』として敬愛し、掃除を欠《か》かさずに清めております」

伊奥は淀みなく説明すると、神谷らに向かって軽く頭を下げた。合掌《がっしょう》するように促しているらしい。

「そうなんですか」

神谷は、素直に手を合わせた。

「信玄公は、亡くなる際に三年間の秘喪を命じられました。そのため、実際に埋葬《まいそう》された場所は分かっておりません。ご存じのように長野の諏訪湖《すわこ》をはじめ、お墓と言われる場所は全国に数カ所あります。昔の諏訪湖は澄《す》んでおり、潜水士が湖底で墓の標である菱形《ひしがた》の岩を見つけたことが新聞に載ったと、祖父から聞いております。甲斐《かい》の国では未だに信玄公の人気が高いのです。ロマンスですから」

伊奥はにこやかに言った。目の前の墓は三百年以上経《た》っているはずだが、清められて花も供えられている。

「それで、ご協力の件ですが」

話に聞き入っていた神谷は、頭を掻きながら尋ねた。なんとなくはぐらかされているような気がするのだ。

「お願いがあるのですが、先ほどのカードを直接見てもよろしいでしょうか?」

伊奥は丁寧に頭を下げた。

「どうぞ。一応証拠品なので触らないようにしてください」

早川は白手袋をすると、ビニール袋からカードを出して伊奥の目の前に出す。

「失礼」

伊奥は早川の右手首をいきなり掴むと、腰の道具袋からライターとしても使える小型のバーナーを出し、カードに炎を当てた。あっという間の早業《はやわざ》である。

「何をする！」

叫んだ早川は手を引っ込めようとしたが、びくともしない。

「お静かに！」

伊奥は落ち着いた声で制し、バーナーの炎でカードを炙《あぶ》った。

「おっ」

神谷は暴れる早川の肩を掴んで落ち着かせた。カードに絵が浮かんできたのだ。一種の炙り出しらしい。

「失礼しました」

伊奥は早川の手首を放して頭を下げた。

「これは？」

早川がカードに浮かび上がった絵を見て首を傾げた。三枚の葉っぱの上に花のような形をしたものが、三つ延びているのだ。

「花の数が左に三、中央に五、右に三、古くは足利義昭《あしかがよしあき》も使用した〝五三桐《ごさんのきり》〟の家紋です」

伊奥は厳《おごそ》かに告《つ》げた。

「どういう意味ですか？」

早川は怪訝《けげん》な表情で尋ねた。

「私の知り合いで、この家紋を使っているのは、割田《わりた》さんです。黒井さんは、割田さんのところに行くように指示されているのでしょう」

伊奥は硬い表情で答えた。

「まるで伝言ゲームのようですね。割田さんを訪ねると、黒井の居場所が分かるのですか？」

神谷は目を細め、カードと伊奥を交互に見た。手法は古いが、まるでスパイのようだ。鑑識では指紋を調べただけで炙り出しを発見できなかった。第三者に知られたくないという意志があるのだろう。

「私は黒井が、自首できずに知り合いのところに身を寄せているのではないかと思っています。割田さんが自首に協力してくれるということじゃないですか？」

早川は自分の言葉に何度も頷いている。よほど自信があるようだ。

「それは訪ねてみないと分かりませんね」

伊奥は歯切れ悪く、首を捻った。

「黒井もそうですが、伊奥さんには、何か大きな秘密があるのではないですか？　話していただければ、捜査はスムーズに進みます。私は黒井が犯人だとは思っていません。何か事情があって動いているはずです」

神谷は伊奥の目を覗き込んだ。

「……私の先祖は、真田家に仕《つか》えた地侍《じざむらい》です。世間でいう忍者の家系です」

伊奥は溜息を漏らしながら答えた。

「忍者！」

神谷と早川は同時に声を上げた。

「忍者という言葉は、昔はありませんでした。小説やテレビで取り上げられ、それが勝手に一人歩きをして、今の黒尽くめの忍者というイメージが出来てしまったのです。地侍と言っても、諜報《ちょうほう》に特化し、特殊な武術を駆使《くし》したのは、事実です。古文書には『草の者』、『スッパ』、『ラッパ』と記されていました。私ども伊奥家では『ミツ（密）』と密かに呼ばれていたと、祖母からは聞いております。ですから祖母に忍者というと、激怒していましたよ」

伊奥は苦笑を浮かべて言った。忍者と説明した方が受け入れ易《やす》いのだが、先祖を貶《おとし》めるようで使いたくないのだろう。だが、神谷は忍者と聞いてある意味納得した。炙り出しで秘密の伝言をするなど、常人というか現代人では考えもつかないからだ。黒井はその手の小道具を常備しているのだろう。

「海外でも『ニンジャ』は、定着していますが、日本人からしてみれば確かに軽薄《けいはく》なイメージはありますね。黒井も、地侍の末裔《まつえい》なのですか？」

神谷は頷きながら質問を続けた。

「黒井家も地侍とは言えますが、代々山岳修行をする行者《ぎょうじゃ》の家系です。我々地侍が江戸以降兵法を継ぐ者が廃《すた》れてしまったのと同じく、彼も現存する数少ない行者です。ただ、我々地侍の家系と違って行者は過去帳や書状にあまり記録が残っていないのです。黒井家は甲陽《こうよう》流吾妻兵法に優れ、地侍の家系に修験道《しゅげんどう》の指南をしてきた歴史があります。実は私も先代の黒井さんに随分教わりました」

伊奥は遠い目をして答えた。

「我々に割田さんをご紹介していただけますか？」

早川は伊奥に頭を下げた。

「もちろんです。ただし条件があります。真田の地侍の家系は、これまで世に出ることを嫌っていました。また、幕府の圧政を逃れてきた歴史があります。お二人とも警察の捜査ということは、口になさらないようにお願いします」

伊奥は顔を引き締め、神谷と早川を見た。

「了解しました。よろしくお願いします」

神谷と早川は伊奥に頭を下げた。

吾妻郡《あがつま》

1・三月十二日PM0：20

三月十二日、午後零時二十分。

神谷《かみや》はジープ・ラングラーの助手席に座っていた。ハンドルを伊奥《いおく》が握り、後部座席に早川《はやかわ》と貝田《かいだ》が乗っている。伊奥から道を知っているので運転させて欲しいと言われたので、運転席を譲《ゆず》ったのだ。道順を説明するのが面倒ということもあるが、運転に自信があるのだろう。

三十分前に武田《たけだ》神社を出発している。伊奥は一旦自宅に戻って、着替えてから手提げ鞄《かばん》を手に神社に戻ってきた。

「伊奥さんも、相当修行されていますよね。やはり、お父様から教え込まれたのですか？」

山道に入り車内まで静かなため、神谷はさりげなく話しかけた。これから訪ねる割田《わりた》は、群馬《ぐんま》県の東吾妻町《ひがしあがつままち》に住んでいるという。移動に三時間近く掛かるため、いつまでも会話がないのでは居心地が悪いだけである。それに、伊奥から情報が引き出せれば捜査の役に立つだろう。

「私は子供の頃から祖母にいわゆる忍術を教えられました。一人っ子で両親は共稼《ともかせ》ぎのため祖母が面倒を見てくれたのです。物心つく前から森で手裏剣《しゅりけん》の稽古《けいこ》をしたり、崖《がけ》を登らされたり、畳の間で柔《やわら》をしたりと、あまりにも稽古が厳しくて泣きながら教わっていたものです。しかし、それはどこの家庭でも同じだと思い込んでいたので我慢しました。母親に話すと、嬉しそうな顔をするので嫌とは言えませんでしたよ。ちなみに父は婿《むこ》養子なので、伊奥家の出自はほとんど知りません」

伊奥は運転しながら気軽に答えた。彼は今年で五十歳になり、家族は諏訪《すわ》市内の一軒家に住んでいるらしい。

伊奥は甲府《こうふ》市内を抜けて中央自動車道に乗り、長坂《ながさか》インターチェンジで下りて県道28号、北杜《ほくと》八《やつ》ヶ岳《たけ》公園線に入っている。また、早めの昼食を手打ち蕎麦《そば》の店で済ませていた。周囲に民家はなく、豊かな自然に囲まれている。伊奥は車に慣れたこともあるだろうが街中よりも山道の方が落ち着くらしく、表情も穏やかになっていた。

「伊奥家では、幼い頃から鍛《きた》えて代々受け継がれてきたのですね」

神谷は頷《うなず》いて伊奥を見た。彼はおそらく黒井と同等の武術の達人なのだろう。

「昔の真田《さなだ》家のミツの家系ならどこもそうだったと思います。ただ、戦後はかなり廃れたようです。そういう意味では我が家は珍《めずら》しいでしょうね。小学校で修行をしているのは、私だけと知った時は本当にショックを受けました。そこで祖母に尋ねたところ、自分がミツ、つまり忍者だと教えられたのです。しかし、テレビでやっている忍者は空想だと思っていたので信じられませんでした。受け入れるのに随分《ずいぶん》と時間が掛かりましたよ」

伊奥は苦笑を交えて答えた。

「先代の黒井さんからも武道を習ったのですか？」

神谷は矢継《やつ》ぎ早《ばや》に質問をした。事件を調べる上でも情報を得たいのだが、伊奥の話を聞いていると、俄然《がぜん》真田家の家来が未だに活動していることに興味が湧いてきたのだ。

「先代の黒井さんから学んだのは、行者《ぎょうじゃ》の修行方法と仏教や密教の教えです。山籠りし、修行することで神秘的な力を得るのですが、正直言って私は得られませんでした」

伊奥は首を振って答えた。彼は必要以上に自分をよく見せようとはしない。実直な人柄なのだろう。

「修行は続けられているのですか？」

神谷は聞き返し、話を促した。

「学生時代に伊奥家の古い生き方に反発し、同時に先代の黒井さんからも距離を取るようになりました。数年山岳修行はしなかったのですが、その間、中国に渡って太極拳《たいきょくけん》や八卦《はっけ》掌《しょう》などに明け暮れました。日本に帰ってきてからは黒井さんの教えを思い出しながら鍛錬を続けています。雅治さんとは山での修行中に偶然出会いました。今では一緒に山籠りする伸です。今どき修行ができる場所は限られているので、他の行者とも顔見知りですよ」

伊奥の声が少し暗くなった。先代の黒井は二十年ほど前に亡くなったそうだ。

「太極拳？　なるほど、武道自体を否定されている訳ではないのですね。黒井は、伊奥さんが修行仲間だからこそ指名したのですね」

神谷は小さく頷きながら確認した。理由としてはまだ薄い気がするのだ。

「それもありますが、黒井さんが私を指名した理由は、他にもあるのです」

伊奥は神谷をチラリと見て言った。彼の祖母は亡くなる際に、真田家のご家来衆らしくお屋形様の役に立つようにと言い残したらしい。お屋形様とは武田信玄《しんげん》のことである。伊奥はそれを機と捉え、会社を退職し、知人の造園会社に就職した。武田家に関係する寺社仏閣の庭園の管理をしている会社だそうだ。

「遺言とはいえ、よく決意されましたね」

神谷は話に関連性があるのか首を捻りながら言った。

「会社勤めが合っていないと思い始めたこともありました。それよりも、自分の中に流れる伊奥という血がそうさせたのでしょう。歳を重ねるごとに自分のルーツが気になったのです。しかし、自分の家にあった過去帳や書状などの古文書は散逸していたため、その手の知識は祖母や母からの口伝《くでん》だけでした」

伊奥は庭師として修業を積みながら先祖を知るべく、真田家に関わる旧家を訪ねて歩いたそうだ。最初はどこの馬の骨という扱いだったが、何度も根気よく訪ねて信用を得て古文書を見せてもらった。結果的に、伊奥の活動は埋もれ掛かった真田家の家臣団の歴史を発掘するだけでなく、子孫間のコミュニケーションの輪を作る手助けとなったそうだ。

「なるほど。あなたなら先導役にピッタリという訳ですね。黒井は我々が割田さんに会うことで、自分の無実を証明できると思っているのかもしれませんね」

神谷は大きく頷いた。

「そうかもしれませんね」

伊奥は相槌を打った。

「お話は終わりましたか？」

後部座席の貝田が遠慮がちに尋ねた。

黒井の出現で長野県警への捜査協力の形が変わっている。貝田は不発弾の調査で協力していたので、東京に帰るように言ったのだが頑《かたく》なに首を振って残った。彼は忍者のコアなファンらしく、伊奥が忍者の末裔と聞いて張り切っているのだ。

だが、神谷が伊奥からある程度情報を引き出すまで、口を出さないように言いつけてあった。車内で黙って座っていることに、我慢ができなくなったのだろう。

「何か、質問でもありますか？」

伊奥はバックミラー越しに貝田の顔を見た。

「いっぱいありますが、手裏剣は得意ですか？」

貝田はにやけた表情をしている。

「修行はしていますので、普通の人よりは上手いと思いますよ」

伊奥はおっとりと答えた。控《ひか》えめに言ったのは自信があるからだろう。

「是非、僕に教えてください。師匠！」

貝田は両手を上げて叫んだ。

「……はい」

伊奥は神谷と顔を見合わせて笑った。

2・三月十二日PM2：10

午後二時十分。

伊奥は中部横断自動車道で佐久《さく》市を抜けて横川《よこかわ》を経由し、群馬県道33号の渋川松井田《しぶかわまついだ》線から国道406号のルートを走っていた。途中の渋川松井田線は山深い道なので、神谷のスマートフォンの地図検索では高崎《たかさき》を経由する国道18号を勧《すす》められた、だが、伊奥はナビを一切見ることなく走っている。

「この先に大戸《おおと》の交差点があり、右手に国定忠治《くにさだちゅうじ》が関所破りをした大戸関所跡がありまず」

伊奥はまるでバスガイドのように言った。彼は単に自分の先祖だけでなく、真田家や武田家が治めていた甲信越地方の歴史そのものに興味があるそうだ。

大戸の交差点を右折し、国道406号から県道58号に入る。

「ここから私の先祖が住んでいた東吾妻町に入ります。東吾妻町は、真田家上州《じょうしゅう》の拠点であり、真田忍者発祥の地でもあります。大坂の陣で真田幸村《ゆきむら》に従った忍者の猿飛佐助《さるとびさすけ》や霧隠才蔵《きりがくれさいぞう》などは、聞いたことがあると思います。彼らが登場する『真田十勇士』は江戸時代の講談から広まり、真田忍者というイメージが定着したのですが、彼らの奇想天外な働き故に作り話とされています。しかし、古文書などを調べると、真田家では実際に諜報活動と武芸に秀でた地侍を多く抱えていたようです」

伊奥は割田を紹介する上で必要な基礎知識というべき歴史的な話を聞かせてくれた。

忍者といえば伊賀《いが》と甲賀《こうか》が有名であるが、戦国の世を経て徳川《とくがわ》家に重用《ちょうよう》されたため名前が残ったらしい。戦国時代の大名たちは、皆諜報活動をする地侍や修験者を召し抱えていたようだ。また、忍者と呼ばれた地侍は修験道と密接な関係を持っており、山伏《やまぶし》に変装《へんそう》して全国を渡り歩いて情報を集めていたという。

「なるほど、忍者は日本全国にいたわけですね。江戸時代に入り、各地の大名は諜報活動が許されなくなり、自《おの》ずと廃れたということですか。歴史から忍者の存在が消えてしまったのは、徳川幕府の厳しい取り締まりがあったから。現代日本人が、忍者を架空の存在と認識するのは、徳川政治の影響とも言える訳だ。奥が深い」

神谷は頷きながら後ろの席を見て右眉を吊り上げた。貝田が船を漕《こ》いで気持ちよさそうに眠っているのだ。伊奥が忍者の歴史を詳しく解説してくれるので、興味があるのかと思ったらどうでもいいらしい。彼の関心はアニメの忍者で、歴史上の地侍ではないのだろう。

「左手を見ていてください。もうすぐ視界が開けますから」

伊奥は意味ありげに言った。道はアップダウンがあり、周囲は雑木林やなだらかな山がある。ただ、長野では感じなかったことだが、群馬に入ってから時折岩が剝《む》き出しになっている山があるのだ。長野の山は女性的に感じたが、群馬は高い山はないがマッチョな雰囲気がある。

両側に迫っていた林から抜けると、左手に空が広がった。

「おお」

神谷は思わず声にした。そんなに高い山ではないが、大地から突き抜けるように見事な岩山が現れたのだ。

「あの岩山が、岩櫃山《いわびつやま》で、かつて真田家が所領としていた城跡があります」

伊奥は誇らしげに言った。

「岩櫃城ですね。長野県民なのに実物は初めて見ました。実は〝真田丸〟は欠かさず見ていたんですよ。というか熱烈なファンでして」

早川は感嘆《かんたん》の声を上げた。〝真田丸〟は二〇一六年に放送していたNHK大河ドラマのことだろう。舞台が山梨県、長野県、群馬県に跨《また》っており、絶大な人気を誇ったと聞いている。神谷はほとんどテレビを見ないため、内容までは知らない。ただ、真田家興亡の歴史物語だそうだ。

「実は岩櫃山をお見せしたくてこのルートを選びました。真田家の家来衆の子孫である私にとってこの地には意味があるんです。お時間があるようでしたら、色々とご案内できたらと思っています」

伊奥は神谷と早川を交互に見て言った。

「事件を解決したら是非お願いします」

神谷よりも先に早川が答えた。

「もちろんです」

伊奥は笑顔で答えた。

岩櫃山を過ぎて吾妻川を西へ渡り、県道58号から国道145号号、上信自動車道に進む。

二十分後、伊奥は県道35号を外れて狭い路地に入り、突き当たりにある農家の庭先に車を停めた。

「こんにちは。伊奥です。割田さん、いらっしゃいますか？」

車を降りた伊奥は、玄関の引き戸を開けて大きな声を上げた。だが、家はひっそりとしている。

「電話で連絡しておいたんですが、留守のようです。ちょっと早く来過ぎたのかもしれませんね」

伊奥は頭を掻きながら振り返った。実際、ナビの予定時刻より三十分も早く到着している。

「割田さんはお仕事中ではないのですか？」

神谷は腕時計を見ながら尋ねた。時刻は午後二時五十分である。農家なら畑か田んぼで働いているのかもしれない。今日は日曜日のため自宅にいるものと思ったが、自然相手の農家に土日は関係ないのだろう。

「そうかもしれませんね。それじゃ、近くの田んぼに行ってみましょう」

伊奥は狭い路地を抜けて県道を渡り、南にむかって歩き始めた。周囲は田畑が広がるのどかな風景である。

「割田家は戦国時代、この地を守った吾妻七騎の一つで、古文書に〝古今無双の忍び上手〟と記された忍びの達人の家柄でした。ここから北に四百メートルほどのところに真田家の出城だった柏原《かしわばら》城がありました。割田家の祖先はその城代だったと言われています」

伊奥は歩きながら丁寧に説明した。

吾妻七騎とは、『上野国《こうずけのくに》 吾妻記』という文献《ぶんけん》で紹介されている吾妻を代表する地侍のことだ。富沢《とみざわ》伊豫《いよ》（岩下《いわした》村）、唐沢玄蕃《からさわげんば》（沢渡《さわたり》村）、富沢伊賀守《いがのかみ》（下沢渡村）、富沢豊前《ぶぜん》（山田《やまだ》村）、割田下総《しもうさ》（横尾《よこお》村）、浦野《うらの》平兵衛《へいべえ》（原町《はらまち》）、蜂須賀《はちすが》伊賀（原町）の七軒が記されてある。

「真田家は関《せき》ヶ原《はら》の合戦で敗れて領地を召し上げられたはずです。それでも、割田家はこの地に住み続けたのですか？」

早川が質問した。神谷は帰国子女だからと言い訳するつもりはないが、あまり歴史に詳しくはないのだ。

「都会と違って、田舎《いなか》の人々は先祖代々受け継がれてきた土地に住んでいます。地侍は新たな主君に仕《つか》えるか、あるいは帰農や商売を始める者もいたと古文書には記されています。この地方に住む人々は、歴史的に名の知れた家ばかりですよ」

伊奥は頷くと、数十メートル先の田んぼにいる作業服姿の男に右手を振った。割田らしい。耕運機で田んぼを耕していたようだ。

「おお、伊奥さん。ちょっと早いんじゃないかい？」

割田は耕運機を止めて破顔した。早川は黒井が自首するために割田の家にいると読んでいた。だが、割田の素振りからして、黒井が匿《かくま》われている可能性は消えた。今年、八十三歳になると聞いていたが、日に焼けた顔はつらつとしており、七十代前後と言われても違和感はないだろう。

「お忙しいところすみません。また、お話を伺いに来ました」

伊奥は田んぼに駆け寄ると、会釈をした。捜査を前面に出すと、気を悪くする可能性があるので、神谷らは割田の昔話を聞きに来た伊奥の知人ということになっている。

「初めまして、よろしくお願いします」

神谷と早川も伊奥と並んで頭を下げた。

2・三月十二日PM3：00

神谷らは割田の自宅に招かれ、玄関脇の居間に通された。

気温はこの辺りでも二十度近くまで上がっている。南向きの窓は換気のために開けられており、ひんやりとしているが爽《さわ》やかな風が吹き込んでくる。どこか懐《なつ》かしさを覚える、ごく普通の木造の農家だ。

「子供の頃から高く飛ぶ訓練をやらされたり、指先を地面に打ち込んで鍛えたりと、色々やらされたよ。それが忍びの稽古だと知ったのは、だいぶ後だったなあ。父親は囲炉裏端《いろりばた》に座っている時も床板や柱に腕や拳を打ち付けて稽古をしていたから、忍びの稽古は生活の中にあったんだ。だからこそ、何百年もそれが続けられたんだねえ」

割田は遠い目をして言った。伊奥と同じく、幼い頃は忍術の稽古だとは教えられなかったらしい。戦国の世が終わって藩主に仕える地侍でもなくなったため、忍びの技と知識だけを伝承する他なかったのだろう。だが、近代になって連綿と受け継ぐことも、困難になったに違いない。割田も子供には修行をさせなかったそうだ。

「割田さんは、〝飛び六法〟の技なんかをお仕事で生かされていたんですよね。私は割田さんからも随分と忍びの術を教えていただいたんですよ」

伊奥は割田が話しやすいように合いの手を入れた。まずは割田から話を聞いて、それから本題に入るということだ。

神谷が首を傾げていると、〝飛び六法〟とは〝鳶《とび》の六法〟とも言われており、現代で言えば超人的な身体能力を要求される〝パルクール〟だと小声で教えてくれた。

「以前は建設業をしていた。屋根の上で仕事をしていた時のことだ。二段の梯子《はしご》の下を外されちゃってね。作業を終えた俺は知らずに梯子に乗ったら、屋根から落ちたんだ。咄嗟《とっさ》に庭木の枝に摑まって、六メートル下の庭に落ちたよ。だけど、枝に摑まって多少落ちる勢いを殺したこともあるが、受け身を取って大事には至らなかった。後で診察した医者が話を聞いて、信じられないと目を丸くしていたよ。普段から〝飛び六法〟の技で現場の屋根から屋根に飛び移っていたからね。俺の先祖の素性《すじょう》も知らない仲間から、忍者だと言われていたよ」

割田は屈託《くったく》なく笑うと、テーブルに載せられている皿に盛られた干《ほ》し芋《いも》を勧めた。

「茨城《いばらき》のも好きですが、群馬の干し芋は甘さ控《ひか》えめで美味しいですよね」

伊奥が一つ手に取り、頬張った。

「いただきます」

神谷と早川も干し芋を手にした。干し芋といえば、スライスしたタイプが定番だが、群馬のものは丸々としている。甘みも少なく、上品な味だ。

「美味いだろう。知り合いが作ったのを貰ったんだ」

割田も干し芋を口にし、舌鼓《したつづみ》を打った。

「ところで、最近黒井さんを見かけませんでしたか？」

伊奥は干し芋を頬張りながらさりげなく尋ねた。

「黒井さんねえ。来る度にうちの古文書を見せて欲しいとうるさかったけど、最近はちょっと違ってきたかもしれないね」

割田は首を横に振った。

「……雅治さんは、やはりそうでしたか」

伊奥は腕組みをして渋い表情になる。今まで黒井と言っていたが、伊奥は雅治と改めて呼んだ。いつもは名前で呼んでいるのかもしれない。一緒に修行したこともあるため、それだけ心配しているのだろう。

「どういうことですか?」

神谷は伊奥と割田の顔を見た。

「我が家は家系図や過去帳などが四散しているため、出自は口伝だけが頼りでした。ただ、伊奥家の本家に文献が残っていたので、今は先祖のことはだいたい分かって来ました。黒井さんは修験者の家系のため、元から口伝だけだったそうです。先代が早くに亡くなったこともあり、すべてを受け継いだ訳ではないらしいのです」

伊奥は沈んだ声で答えた。

「この地に住む者は、先祖が真田家に仕えていたことを誇りに思っているのです。だからこそ、口伝でそれを伝えているのでしょう。過去帳や家系図はそれを捕足するものです。黒井さんはそれができないので、他家の古文書の記録を頼りにしているんですよ。今の人は先祖を気にしないかもしれないが、出自が分からないというのは辛いことでしょうな」

割田は寂《さび》しげに言った。「うるさかった」と言っていたが、決して黒井を悪くは思っていないのだろう。

「先ほど、割田さんは、『最近はちょっと違ってきた』とおっしゃっていましたが、どう違うのですか?」

神谷は改めて尋ねた。黒井のことはあらかた伊奥から聞いていた。それ以外のことを聞かなければ、ここに来た意味はないのだ。

「あぁー、そのことかね。黒井さんは、なぜか休耕地のことを調べていたね。なんでも知り合いに頼まれて調べているそうだ。色々な仕事をする人だからね。不動産関係にでも依頼されたんじゃないのかな」

割田は頭を掻きながら答えた。

「休耕地？　黒井を見つけるヒントになるのかな？」

早川は小さなメモ帳を出して書き込んだ。

「実は、私は黒井からメッセージを貰ったのです」

神谷は早川を促した。伊奥が割田の機嫌《きげん》を損《そこ》ねないように振る舞っていることは分かるのだが、このままでは黒井の存在はもちろん、彼の目的も分からないと思ったのだ。

「……はい」

早川は渋々証拠品袋から例のカードを出し、割田に渡した。神谷や伊奥が素手《すで》で触り、その上火で炙っているので証拠品として裁判では使えないそうにない。

「ほお、珍しい。今どき、炙り出しか。しかも我が家の家紋とは。いったい全体、どうして、こんなややこしいことをするんだ？　電話を掛けてくれれば済むんじゃないのか」

割田はカードを見て絶句した。

「理由は分かりませんが、割田さんに会うようにというメッセージと受け止めました。最近彼が接触してきませんでしたか？」

神谷は割田の目を見て尋ねた。

「最後に会ったのは、一ヶ月前かな」

割田は首を捻った。嘘ではないのだろう。その必要もないはずだ。

「一ヶ月前ですか？　これでは、メッセージカードのガイドが、割田さんで途切れてしまいますね」

早川は浮かぬ顔で首を傾げた。

「失礼ですが、郵便ポストを拝見してもいいですか？」

神谷は身を乗り出して尋ねた。郵便ポストは玄関脇にあった。

「どうぞ、どうぞ。いいですよ」

割田は腰を浮かしかけたが、先に神谷が立ったので手を振ってみせた。

神谷は頭を下げると、土間に揃《そろ》えてある靴《くつ》を履《は》いて玄関脇の郵便ポストを覗いた。名刺サイズのカードがあった。白峰ホテルのメッセージカードである。裏返してみたが、どこにも文字は書かれていない。だが、黒井が神谷に分かるように残したに違いない。

「ライターはありますか？」

居間に戻った神谷は割田に尋ねた。

「バーナーならありますが」

伊奥がポケットから武田神社で使った小型のバーナーを出した。

「お借りします」

神谷はバーナーでメッセージカードを炙った。すると丸い線の中に〝月〟の字が浮かんできた。

「ほお。これは根津《ねづ》家の家紋じゃないか」

割田が顎の無精髭《ぶしょうひげ》を触りながら言った。

「今度は根津家に行けということでしょう」

伊奥は苦笑を浮かべて言った。

3・三月十二日PM4：20

午後四時二十分。

神谷の乗ったジープ・ラングラーは、一時間ほど前と逆のコースを走っている。県道35号を今度は西に向かっているのだ。

割田の自宅のポストには黒井からと思われるメッセージカードが投函《とうかん》されており、炙り出しで根津家の家紋が記されていた。目的地は岩櫃山の麓《ふもと》に住んでいる根津家で、真田昌幸《まさゆき》に仕えた滋野《しげの》三家・禰津《ねづ》氏の末裔らしい。椎茸《しいたけ》やブルーベリーなどを栽培する農家だそうだ。

「伊奥さん。途中で群馬原町駅に行きませんか？」

後部座席の貝田が、ハンドルを握る伊奥に尋ねてきた。割田家を出発してすぐに目を覚ましたが、黙ってスマートフォンをいじっていたのだ。起きていると緊張感を欠く空気を醸《かも》し出すので、眠っていてくれた方が助かる。

「寄り道はできないぞ。日が暮れてしまう」

神谷は振り返って言った。午後から太陽は雲に隠れ、実際日が暮れるのも早いだろう。

「ひょっとして、〝にんぱく〟ですか?」

伊奥は意味ありげに笑った。

「そうです。黒井の忍術を見破るには、我々も忍術を会得する必要があると思います」

貝田は真面目《まじめ》な顔で答えた。

「〝にんぱく〟って何ですか?」

神谷は首を傾げながら伊奥に尋ねた。

「JRの群馬原町駅前にある〝岩櫃真田 忍者ミュージアム〟という施設です。忍者道具の収集家である山岸賢司《やまぎしけんじ》さんが五十年かけて集めた秘蔵コレクションを展示しています。私のような地侍の末裔でも驚くような戦国時代の武器がありますよ。それと、VRを使ったチャンバラアクションゲームや手裏剣ゲームでも遊べるテーマパークです。館長の斎藤《さいとう》さんとは知り合いなんですよ。ただ、開場は午前十時から午後四時までなのですでに閉まっていますね」

「はあ」

伊奥は苦笑を浮かべて答えた。

貝田が大袈裟に溜息を吐いた。

「遊びに来ているんじゃないぞ」

神谷は渋い表情で振り返った。

「手裏剣は私が直にお教えしますから、大丈夫ですよ」

伊奥はバックミラー越しに頷いた。

二十分後、国道145号を抜けて一般道から急な坂道に曲がり、さらに途中の民家に通じる脇道へと入った。農家らしくビニールハウスがあり、その横にジープ・ラングラーは停められた。

「あっ！」

突然叫んで車を飛び出した貝田は、ビニールハウス横に停めてある、運転席の屋根がない緑色のゴルフカートのような小型トラックに近寄った。

「どうした？」

神谷は首を振りながら車を降りた。珍しい小型作業車なので、車のマニアでもある貝田は飛びついたのだろう。

「これは、アテックス社のホイル型運搬車、SL600Bですよ。実物を見るのは初めてです。エンジンはカワサキFE290G、排気量は二百八十六CC。この型で現役を見られるなんてすごいですよ。最新の型は運転席がバイクのようですけど、これはミニトラックみたいで格好いいでしょう」

貝田は車体に頬を擦り寄せんばかりである。

「詳しいね。乗ってみるかね？」

作業服の上にブルーの防寒ジャケットを着た中年の男性がビニールハウスから現れ、貝田に話し掛けた。

「やった！」

貝田は声を上げて運転席に飛び乗った。ハンドルを握って満面の笑みを浮かべている。玩具《おもちゃ》を与えられて喜ぶ子供と変わらない。

「根津さん、すみません。急に押しかけてしまって。電話でお話しした三人をお連れしました。今日はよろしくお願いします」

伊奥が貝田を横目に根津に頭を下げた。割田の家を出る前に、神谷らは警察の協力者だとある程度正直に話している。割田から話を聞いたが、黒井に繋がる情報がほとんど得られなかったので、爆弾テロ事件の件は伏せて黒井の捜索をしているとだけ説明した。

「警視庁認可アドバイザーの神谷隼人と申します。黒井からメッセージを預かり、彼の足跡を追っています。本日はよろしくお願いします」

神谷が名刺を出して自己紹介すると、早川は名前だけ名乗った。県警を前面に出すと快《こころよ》く協力を得られるのか分からないので、慎重《しんちょう》に行動しているのだ。

「根津です。黒井くんは、割田さんと私を指名したようだが、何か理由があるのかね？」

根津はポケットから自分の名刺を出して神谷に丁寧に渡した。

「今のところ分かっていません。カードに描かれた家紋からすると割田さんと根津さんを訪ねることは間違いないと思うのですが、最初のカードには『俺を追え』と書かれていただけで。お二人に心当たりがないようでしたら、真田家の家臣団の系譜を探ることに何かヒントがあるのかもしれませんね」

神谷は首を傾げながら言った。真田家に仕えた勇猛な地侍の祖先の話を聞いて回っているが、何か手掛かりになるのか疑問に思っているからだ。

「それじゃ、祖先のことを話すのに潜龍院《せんりゆういん》跡を見に行こうか。案内するよ」

根津は貝田を助手席へ移動させ、運転席に座った。

「我々はこちらで」

伊奥が作業車の荷台に乗り込んだため、神谷らはそれに従った。

作業車はエンジン音を上げて出発し、坂道を上って行く。軽トラよりも小さいが、大人五人を乗せているので意外とパワーはあるようだ。

「うわー！　坂道を上っている！」

貝田が助手席で歓声を上げる。二十キロほどのスピードだが、それがかえって面白い。

「これは、楽しい」

早川も景色を見ながら笑った。神谷もまるで遊園地の乗り物に乗っているようで、思わず笑みを浮かべた。

4・三月十二日PM4：30

作業車は舗装された急な林道を上り切ったところで停められた。

右手に雑草が刈《か》り取られた平地が開けている。周囲は雑木林に囲まれているので、不思議な空間である。

根津は車を降りると、無言で平地に向かって林道を歩いて行く。平地の手前には、〝岩櫃山登山口〟という立て看板とその先には〝赤岩《あかいわ》通り登山口　三合目〟という看板もあった。ここに来る前にハイカーとすれ違ったが、岩櫃山の登山者だったらしい。

「この山全体が岩櫃城だと言っても過言ではありません。本丸は中腹にありますが、随所に自然の地形を生かして堀が造られ、石垣が組まれるなど壮大な山城です」

伊奥は先に歩きながら簡単に説明した。

「織田・徳川連合軍による甲州征伐《こうしゅうせいばつ》で劣勢《れっせい》に立たされた武田勝頼に、真田昌幸は新府《しんぷ》城を捨てて岩櫃城に退却《たいきゃく》し、軍を立て直すように進言しました。しかも昌幸は勝頼を迎えるために岩櫃城内に古谷《ふるや》御殿を三日で建てたのです。結局、勝頼は昌幸の進言を聞き入れず、部下にも裏切られて天目山《てんもくざん》で自害してしまったそうです。勝頼がこの地に来ていれば、戦国の世も変わっていたでしょう」

隣りに並んだ早川が講談師のように補足した。

「よくご存じですね」

伊奥は振り返って頷いた。

「〝真田丸〟の知識ですよ」

早川は照れ笑いをした。生真面目な男だと思っていたが、真田家が絡んできた途端に警察官であるということも忘れているようだ。貝田は作業車に残ってご満悦である。捜査をしているのは、神谷と伊奥の二人になったらしい。

「ここが古谷御殿の跡地で、のちに潜龍院となります。我が祖先である禰津信忠《のぶただ》が、昌幸から領地として貰い受けて出家して潜龍斎となり、潜龍院の住職となりました。住職と言っても、この地の修験者のまとめ役として毎日厳しい修行をしていたようです。当時の修験者は武人でもあったので、修験者の棟梁《とうりよう》になったと言った方がいいでしょう」

根津は高さが一・五メートルほどの石垣の前で立ち止まって言った。見上げると、岩櫃山の頂上が真上に聳《そび》え立つ絶景である。

石垣の幅は四十メートル以上あり、奥行きは数十メートルあった。当時の建物が、さぞかし立派であったことは歴史に疎《うと》い神谷でも分かる。

根津は周囲をぐるりと見回すと、石垣に沿って東の方向に進む。足元の雑草を掻き分けながら百メートルほど歩くと急な坂があり、その上に墓地があった。城を築いた際に森を切り開いて造られた墓地らしく、墓石は風雨により経年劣化している。だが、墓石は磨かれたように綺麗であった。

「お墓が綺麗になりましたね。以前は苔《こけ》むしていたのに」

墓地に入った伊奥が、墓石を見て驚いている。

「洗浄して苔を落としたんだが、それで新たに分かったことがある」

根津は近くの大きな石塔の前に立った。

「根津家の歴史上での発見ですか？」

伊奥は石塔の文字を見つめながら尋ねた。彼は古文書を読みこなす知識があるらしい。

「禰津家は鷹《たか》使いの武勇の一族で、元直《もとなお》が長篠《ながしの》の戦いで戦死した際、我が祖先信忠は子供だったため寺に預けられ、家督《かとく》は叔父《おじ》が継《つ》ぐことになったそうです。諸説あり、信忠が病弱だったからという説もありますが、単純に子供だから継がせなかったのでしょう。寺には十数年預けられたらしいのですが、同世代の昌幸が信忠を引き取って寺を与えたのです。修験者の頭目になるのに病弱では務まりませんから」

根津は苦笑し、石塔を触った。神谷や早川に分かるようにあえて根津家の歴史を説明してくれたらしい。石塔は墓のような形をしているが、文章が刻まれているので墓石ではないようだ。

「先ほど新しい、発見と言われたことですが？」

伊奥が遠慮がちに尋ねた。

「この石塔を掃除したら文字が刻まれていることに気付いたんだ。拓本をとって解読したら、なんと我が家が本家だったことが分かった。ずっと分家だと思っていたんだがね。正しい系譜は何百年も苔の下に埋もれていたんだよ」

根津は笑みを浮かべて説明した。

「本当ですか！　それって凄いことですよね」

伊奥は両眼を見開いている。

「系図が変わる根津家にとっては、大きな問題だね。県の教育委員会や歴史研究所に届けを出すつもりだよ」

根津は真剣な表情で答えた。

「お話し中失礼します。黒井が最後に接触してきたのはいつのことですか？」

神谷は二人の話が一段落するのを待って尋ねた。

「彼はうちに古文書を見せて欲しいと何度も足を運んでいたよ。最後に会ったのは、一ヶ月ほど前かな」

根津は首を傾げながら言った。

「休耕地について、聞かれませんでしたか？」

神谷は根津の前に立って尋ねた。

「休耕地？　……そういえば」

首を傾げた根津は墓地を下りて平地に戻り、潜龍院跡地と反対側の崖の前に立った。近くには巨大な岩が崖の上にある。

「昔は大岩の上から物見をしていたらしい。当時を再現しようと大岩の上の木々を伐採《ばっさい》する話もあったんだけど、観光客が上ると危ないってんで、止めざるを得なかった。一ヶ月前に黒井くんとここまで来た時に、彼は大岩に上ってその上から景色を眺めていたよ。それで、何か書類を出して、『ここもか』って溜息を漏らしていた。後で聞いたら『使われていない土地が問題だ』と険しい表情をしていたよ」

根津は大岩を見上げながら言った。木々が生えている大岩の高さは三メートル以上、幅は五メートルほどある。

「ちょっと失礼します」

神谷は適当に足場を見つけ、ほぼ垂直になっている岩を上った。眼下の田畑だけでなく、吾妻川対岸の田園地帯まで見渡せる絶景である。少々木々がうるさいが、戦国時代は物見ができるように木々は刈り取られ、岩に上るための階段もあったのかもしれない。

「神谷さんも修験者になれますよ」

伊奥がいつの間にか隣りに立っていた。大岩に上るのにさほど手間取らなかったので感心しているらしい。下りるのは大変だが、上るのは簡単なのだ。

「正面の山裾《やますそ》に空き地が広がっていますが、ひょっとして休耕地じゃないですか?」

神谷は南の方角を指差した。

「吾妻川の支流の温川《ぬるがわ》の河川敷かもしれませんね。休耕地ではないかもしれませんが、空き地のように見えますね。役場に行けば、分かると思います」

伊奥は掌を額に翳《かざ》して言った。

「下界に下りましょうか」

神谷が先に大岩から下りようとすると、伊奥が右手を上げて制した。下りるための手本を示すつもりなのだろう。

伊奥は樹木や岩に足を掛けてリズミカルに飛び移り、二メートルほどの高さから飛び降りた。修験道の修行で険しい山を半《なか》ば走るように縦断するらしい。そのため、岩山は慣れているのだろう。神谷も伊奥に倣って大岩を後にした。

帰りも根津の運転する作業車で山を降りた。助手席の貝田は大喜びだったが、早川は沈痛な表情で作業車に揺られている。黒井の指示に従ったが、得るものがなかったと頭を痛めているのだろう。念のために根津の自宅の郵便ポストを調べてもらったが、黒井からのメッセージは残されていなかった。

「黒井さんの目的は、なんだったんでしょうね」

運転席に着いた伊奥は溜息を漏らしながらエンジンを掛けた。

「ひょっとしたら、いつの間にか事件の真相に迫っているのかもしれませんよ」

神谷は岩櫃山の頂《いただき》を見ながら答えた。

5・三月十二日PM7：20

午後七時二十分。

神谷は森に囲まれたログハウスのリビングで、一人缶ビールを飲んでいた。

〝フォレストリゾート　コニファーいわびつ〟という三つ星の宿泊施設内のログハウスで

ある。本館には洋室と和室もあるのだが、四人で泊まるのならログハウスを一棟借りた方が経費の節約になるのだ。

本館のレストランで食事を終えた後、他の三人はそのまま同じ館内にある大浴場に行った。神谷は玲奈《れいな》と連絡を取る必要があるので、ログハウスに戻ったのだ。

アップライトピアノが設置された豪華なタイプもあるらしいが、神谷らは二階に寝室があり、一階にリビングと和室がある基本タイプのログハウスにチェックインした。ログハウスは本館から少し離れた森の中に点在している。車はログハウスの脇にある駐車スペースに停めてあった。

根津宅を出た後、伊奥は貝田に気を遣って〝岩櫃真田 忍者ミュージアム〟に寄っている。貝田は展示物である手裏剣や鎖鎌《くさりがま》などを実際に触らせてもらい、その上伊奥から手裏剣の指導も受けている。貝田は〝うずまきナルト〟と名乗って、手裏剣を投げてご満悦であった。漫画だかアニメだかの主人公らしいが、神谷は知らない。

営業時間は過ぎていたが、伊奥が館長である斎藤に頼み込んでくれたらしい。もっとも、貝田を遊ばせるだけでなく、斎藤から黒井の情報を得ることが目的だったようだ。斎藤は真田忍者というキーワードで地域おこしをしており、真田忍者の末裔である割田や根津らとも親交があるらしい。また、黒井とも面識があるそうだが、最後に会ったのは三ヶ月ほど前らしくめぼしい情報は得られなかった。

テーブルに載せてあるスマートフォンが呼び出し音を上げる。

神谷はスマートフォンを手に取り、通話ボタンをタッチした。玲奈に目が覚めたら電話が欲しいとメールを送っておいたのだ。

「もしもし、神谷です」

神谷は缶ビールをテーブルに置いた。

——沙羅《さら》から話は聞いている。黒井という男を調べたけど、千葉《ちば》県警のサーバーに誤認逮捕された時の調書があったぐらい。それから休耕地の問題だけど、長野県と群馬県で日光《にっ》《こう》テクニックという会社が、複数の不動産会社を使って土地を買い漁っているの。

玲奈は淡々と言った。

「もう調べたのか。さすがだな。それで、日光テクニックってのは何をしている会社だ？」

神谷は目を丸くした。目が覚めたから電話をしてきたのかと思ったが、玲奈はすでに調べていたようだ。

——私を誰だと思っているの？　日光テクニックは太陽光発電の会社よ。空き地や休耕地を買い占《し》めて太陽光パネルを並べるつもりでしょう。珍しい話じゃないわよ。個々の土地はそれほど広くはないけど、全部合わせると東京ドームよりも広くなる。まだ、調べ切っていないから、もっと増えると思うわよ。

「黒井は誰かの依頼で、日光テクニックが買い漁っている土地を調べていたのかもしれないな」

神谷は小さく頷いた。

——他に何か分かったら連絡する。お土産を忘れないでよ。

通話は切れた。玲奈はいつものようにクールである。

玄関のドアが開いた。

「いい湯でしたよ」

早川が赤ら顔を見せた。外気は三度まで下がっているので、湯冷めしないようにじっくりと温泉に浸ってきたのだろう。

「会社の人と連絡はつきましたか？」

ドアが閉まる音がして伊奥が浴衣《ゆかた》姿で戻ってきた。

「はい。あれっ？　貝田は一緒じゃないのですか？」

神谷は立ち上がって玄関を覗き込んだ。

「サウナに入っては、冷水を浴びていますよ。サウナで『整えている』そうです。『整う』が、今の流行《はや》りらしいですよ。湯あたりしなければいいですけどね」

早川が苦笑してみせた。

「それじゃ、風呂に行ってきます」

神谷はタオルと下着を入れた袋を手にログハウスを出た。

ログハウス前の舗装道路を歩き、数メートル先の小道に入る。小道の先に展望デッキがあり、反対側にある階段を下りると本館の裏口に出られる。ログハウスは本館より高い場所にあるのだ。

展望デッキの右手に常夜灯があり、その下にテーブルや椅子がある。

「むっ」

右眉を吊り上げた神谷は、左を向いて構えた。人の気配を感じたのだ。

「鋭いな。山では獣《けもの》にも悟られたことはないのに」

左の暗闇に男が立っていた。シルエットしか見えないが、黒井に間違いない。

「のこのこ現れたのか？」

神谷は左右の手を下ろし、自然体に構え直した。殴り掛かってくるとは思えないが、油断はできない。

「敵味方を見分ける必要があった」

黒井は後退《あとじさ》りした。逃げるつもりはないらしいが、暗闇に身を隠したいのだろう。

「割田さんと根津さんを訪ねさせたのは、俺を見極めるためか？」

神谷は誘いに乗って暗闇に入る。二人を訪ねたことで人間性を確かめたというのなら、神谷らの様子を見ていたのだろう。

「それもある。だが、彼らの先祖の話を聞くことで、真田家の家来衆がいかに勇猛に闘ったのか知って欲しかった。今回の事件は、真田家に関わることだ。だから伊奥さんをガイドにすることにした。だが、彼では事件を解決できない。お前のことは調べさせてもらった。同業者ということは分かっている」

黒井は抑揚《よくよう》のない声で答えた。敵意はないようだが、何かを隠していることは分かる。

「私立探偵？　修験者じゃないのか？」

「修験道じゃ、食っていけないだろう。俺は意外と現実主義なんだ」

黒井は鼻先で笑った。

「爆弾テロ事件は真田家に関わっているのか？　話がさっぱり分からない」

神谷は肩を竦めた。

「全容はまだ話せない。話せば、命を狙われることになるからな」

「誰に狙われるんだ？」

「分からない。これまで何度か襲われた。だが、俺の使命を妨害するのが目的だろう」

黒井は小さく首を横に振った。

「一つ聞いていいか。俺たちの行動を把握《はあく》しているようだが、尾行しているのか？」

神谷は黒井に近付いた。

「探偵である前に修験者だ。誰にも気付かれることなく行動するのは当たり前のことだ」

黒井は間合いを取るように、背後の柵《さく》まで下がった。

「まだ、話すことがある。逃げるな」

神谷は黒井の胸ぐらを摑もうと手を伸ばす。瞬間、黒井は後方宙返りをして暗闇に消えた。

「なっ！」

神谷は柵に摑まって身を乗り出し、眼下の暗闇を見つめた。柵の向こうは斜面になっており、展望デッキだけに高低差もあるはずだ。

「明日は、上田《うえだ》の横谷《よこや》家を訪ねるんだ。くれぐれも、背中に気を付けてくれ」

黒井の声が遠くから聞こえる。

「……分かった」

答えた神谷は、溜息を漏らした。

上田城下

1・三月十三日AM5：00

三月十三日、午前五時。フォレストリゾート コニファーいわびつ。

神谷《かみや》は微《かす》かな空気の動きを感じ、目覚めると共に半身を起こした。警察官時代からの癖でどんな場所でも警戒を怠《おこた》らない。眠りがいつも浅いのかもしれない。

「すみません。起こしてしまいましたか」

伊奥《いおく》の声が暗闇から聞こえる。

ベッドが三つ並べてある二階の寝室は貝田《かいだ》と早川《はやかわ》が使い、一階の和室に神谷と伊奥が布団を敷いて眠っていた。

「構いませんよ。いつも早朝にトレーニングしていますから」

腕を上げて背筋を伸ばした神谷は、立ち上がると部屋の照明を点《つ》けた。

「トレーニングって、ジョギングでもされるのですか？」

伊奥はすでに着替えており、ビニール袋を手にしている。大浴場は午前五時から入れるらしい。朝風呂に浸《つ》かるつもりなのだろう。

「いつもは会社のトレーニングルームで汗を流すのですが、せっかく自然の中なので散策がてら走るつもりです」

神谷は素直に答えた。ジョギングもしていたが、街中で走るのは不便な上に、排気ガスを吸うことになるので室内のトレーニングだけにしている。

「雨が降っていますよ」

伊奥は苦笑して言った。

「えっ、そうですか。残念ですね。朝風呂に行かれるのならお付き合いしますよ」

神谷は自分の布団を畳みながら言った。

「食事前に滝行をしようと思っていたのですが、雨脚が少々強いのでとりあえず様子を見に行こうかと思っています。雨で水量が多いのは構わないのですが、増水で滝の上から木や石が落ちてくると修行どころではなくなってしまいますから」

伊奥は笑みを浮かべた。彼のジャケットは防水らしいが、下半身は濡《ぬ》れるだろう。素足なのは濡れる前提のようだ。

「一緒に行っていいですか？　滝行って聞いたことがありますが、経験ないので」

神谷はバッグから着替えを出し、ビニール袋に詰め込んだ。持参したトレーニングウェアに着替え、伊奥に倣って靴下は履かなかった。

「……それでは、私の修行場の一つで、この近くにある観音山不動滝《かんのんやまふどうたき》までご案内します」

伊奥は神谷が用意するのを見て首を捻っていたが、頭を掻きながら言った。本当は一人で行きたかったのだろう。

「おお！」

玄関のドアを開けた神谷は、思わず声を上げた。雨脚が少々強いどころか激しいのだ。

「さっきよりも降っていますね。外に出るだけで、滝行になりますよ」

伊奥は快活に笑った。

二人は傘《かさ》も差さずに舗装された車道を下った。修行中に傘は使わないというので、神谷は防水のウィンドブレーカーを着て着替えを入れたビニール袋だけ小脇に抱えてログハウスを後にした。

「ここから滝の上に出られるのですが、今日は足元が悪いので、車道を進みましょう」

ホテルから一キロほどのところで、伊奥は道路脇の藪《やぶ》を見て言った。下を覗くと道というよりもほぼ崖である。雨が降っていなくても足元は悪いだろう。

「庭師の仕事をしながら修験道の修行をされているのですか？　大変ですね」

神谷は雨が目に入らないように、右手を額に翳した。

気温は五度、激しい雨は氷のように冷たい。「外に出るだけで滝行」と伊奥は言ったが、まさにその通りである。氷のような雨に、早くも体は芯《しん》から冷えてきた。濡れるのは下半身だけだが、ウィンドブレーカーを通して雨の冷たさが伝わってくるのだ。体感温度は二、三度といったところだろう。

「修行を続けたいから自然を相手にする庭師になったと言っても、過言ではありません」

伊奥は雨をまったく気にする様子もなく早足で坂道を下って行く。

「昨日、夕食の際に肉類を一切食べられなかったのは、宗教上の理由ですか？」

神谷は横に並んで尋ねた。伊奥は夕食で出された豚肉だけでなく、刺身も口にしなかったのだ。修験道は日本古来の神仏を信仰していると聞く。食事面でも厳しい制約があるのかもしれない。

「食べられない訳ではありませんが、匂いが気になるんですよ。肉や魚を食べて山に入ると、山がざわつくので、食べないようにしているのです」

伊奥は不思議なことを言った。

「『山がざわつく』とは、どういう意味ですか？」

「そのままですよ。肉を食べることにより、体臭にそれが現れます。森の獣は敏感に反応するんですよ。動物だけでなく自然もざわつきます。山と一体になるどころか拒絶されては、修行はできませんから」

伊奥はまた笑った。黒井《くろい》が陰《かげ》なら伊奥は陽である。

「そう言えば、黒井が『山では獣にも悟られたことはない』と言っていましたが、そういうことだったんですね」

神谷は大きく頷いた。昨夜、黒井に出会ったことは他の三人に教えてある。

「彼も修験ですから」

伊奥は頷いた。黒井は子供の頃から父親と共に山の中で修行を続けていたようだ。身体能力が高く、伊奥が知る限り、日本一の修験者と言っても過言ではないらしい。伊奥もそうだが、先祖伝来の武術や修験道を追求するからといって世捨て人という訳ではなく、大学も出ているという。

黒井家は、戦国時代に修験者として日本各地で修行する傍《かたわ》ら諜報活動をしていた。黒井の祖父は戦時中に特務機関の諜報員として大陸で働いていたと、伊奥は先代の黒井から聞いているそうだ。

坂の途中のY字路を戻る形で下ると、川辺にある駐車場に出た。車を降りて小道を上って行くと、朱色の御堂があった。その左手奥に、滝が轟音を立てて流れ落ちている。

「こちらが〝観音山不動堂〟です。ご本尊は不動明王《ふどうみようおう》で、六百年前に岩櫃《いわびつ》城の鬼門の鎮守《ちんじゆ》として建てられたと言われています」

伊奥はそう言うと、一心に祈り始めた。念仏なのか祈禱《きとう》なのか神谷には分からない。だが、その姿は神々しく、神谷も手を合わせて首を垂《こうべ》れた。

「とりあえず。滝壺の近くまで行きましょうか」

手を合わせて頭を下げた伊奥は、振り向いた。

「今は何をされていたのですか？」

神谷は遠慮がちに質問をした。

「観音山では不動明王がお祀りされているので、不動明王の真言《しんごん》と、不動七縛《しちばく》という両部《りようぶ》の秘法を行いました。普段から神社では祓《はら》いの言葉と祈念をし、お墓では般若心経《はんにやしんぎよう》による回向《えこう》をします」

多分、伊奥は素人《しろうと》の神谷に易しく説明したのだろう。

「はあ。両部？」

神谷は首を捻った。

「密教における両部は神道解釈に基づく神仏習合思想と難しく言う方もいますが、昔から私どもの地方では、山伏が祝詞《のりと》もお経もやっていました。そのため、慣習的に両部と言っています。正直言って、先祖から口伝で受け継いでいることにあまり疑問を挟んだことはありません」

伊奥は頭を掻いてみせた。神谷の素朴な質問に苦笑しているらしい。おそらく、簡単には説明できないのだろう。

「お滝の前では、男滝の場合は不動明王、女滝では弁財天《べんざいてん》や観音様の真言陀羅尼《だらに》と九字護身法を修します。真田《さなだ》の忍は密者でもありますから、みな両部の大法を修めており、山の神仏に適切な繋がりを結ぶことで山から膨大《ぼうだい》な力と情報を頂くのです」

伊奥は地侍と言わずに「真田の忍」という言葉を使った。彼らの先祖は単なる土着の侍というのではなく、修験道を修めて、他の地侍とは違う武術を身に付けていたという自負があるのだろう。

「半分も理解できませんが、修験道の修行は凄いですね」

神谷は苦笑を浮かべ、伊奥に従って階段を下りた。河原に簡易《かんい》な鉄製の橋が架かっているが、滝壺から流れる川は勢いがある。

伊奥は滝壺近くで両手を不思議な形に組み合わせて何か唱《とな》え始めた。滝の轟音でよく聞こえないが、先ほど説明してもらった「真言陀羅尼と九字護身法」を行なっているのだろう。

「相当水温が低いのでしょうね」

神谷は勢いよく流れ落ちる滝を前に震えながら言った。雨が顔を伝って下着まで濡れそぼっている。冷え切っているのを通り越し、凍《こご》え死にそうなのだ。

「滝行は無理なので、急いで戻りましょう。帰りは走りませんか。私は大丈夫ですが、神谷さんは湯に浸かって体を温めた方がいいです。滝行ばかりが修行ではありません。大自然に晒《さら》されることも修行ですから」

伊奥は踵《きびす》を返して来た道を戻り始めた。

「ありがたや」

神谷は思わず手を合わせた。

2・三月十三日AM8：20

ジープ・ラングラーは豪雨の飛沫《しぶき》を纏《まと》いながら国道144号を西に向かっている。ワイパーは最高速度だが、それでも追いつかないほど雨が降っている。それに対向車とすれ違う度に大量の水飛沫がフロントガラスに浴びせられ、視界が遮《さえぎ》られるのだ。

「さすが四駆ですね。こんな濡れた路面でも足回りが安定している。しかし、視界が悪すぎますね」

ハンドルを握る伊奥は、山道をさほどスピードを落とさずに走っている。仕事上、作業用の軽トラや中型トラックも運転し、自家用車はハイエースというだけに運転は慣れているようだ。宿泊施設は一時間前の午前七時二十分に出ている。

「横谷《よこや》さんとの約束は、十時ですが、この分だと上田《うえだ》に一時間近く早く着きそうですね」

神谷はスマートフォンのカーナビを見ながら言った。天候が悪いためにチェックアウトを早めにしている。朝食を十五分で済ますように急かしたので、貝田からブーイングが出た。上田で昼飯に美味い蕎麦《そば》を食べさせることで納得させた。

「実は、真田家に深く関わりを持つ山家《やまが》神社を訪ねたいのです。何か情報が得られるかもしれません。よろしいですか？」

伊奥は最初からそのつもりで出発したのかもしれない。

「山家神社ですか。それはいい。『真田丸』で出てくる掛軸に使われていた『白山大権現《はくさんだいごんげん》』の神社ですよね。一度行ってみたかったんですよ」

後部座席の早川が声を上げた。今や黒井を追跡する謎かけの旅を貝田とともに満喫《まんきつ》している。そのせいか、貝田と意気投合しており、捜査そっちのけでどこに行くべきかと二人で情報を集めているようだ。

三十分後、伊奥は国道から幸村《ゆきむら》街道に入り、山家神社の駐車場に車を停めた。

「気のせいかな？」

車のエンジンを切った伊奥は、首を捻った。

「尾行していた車のことですか？　ひょっとして黒井の車じゃないんですか？」

神谷も前日から同じ白のセダンに尾行されていることを気にしていた。黒井は近くで神谷らを監視しているはずだ。

「彼は車の免許を持っていますが、もっぱらオフロードバイクで移動します。それに一流の修験ですから、一日五十キロ前後を徒歩で移動することも可能です。我々に簡単に悟られるようなことはしませんよ」

伊奥はバックミラーを見ながら言った。白いセダンは駐車場の出入口を通り過ぎて西の方角に走り去った。「簡単に」と伊奥は言ったが、白いセダンは決して下手くそな尾行をしている訳ではない。街中と違って尾行は難しいのだ。

「それにしても、凄まじい豪雨ですね。災害級ですよ」

早川が窓の外を覗きながら困惑の表情を浮かべている。傘を差してもずぶ濡れになるだろう。早川は泊まりがけになるとは思っていなかったので、着替えがないのだ。

「私と伊奥さんだけで行きましょう。よろしいですか？」

神谷は伊奥の顔を見て言った。

「私も同行します」

早川はコンビニで買ったビニール傘を手に外に出た。本来捜査の主体となる警察官だけに、神谷に外されたと思ったのかもしれない。

「僕は〝暁《あかつき》〟の魔の手から車を盗まれないように見張っています」

貝田は右拳を上げて言った。〝暁〟は『NARUTO－ナルト－』に出てくる犯罪組織らしい。貝田は昨夜からうずまきナルトになりきっているのだ。伊奥から手裏剣の投げ方を教わって、その気になったに違いない。

「頼んだぞ。ナルト」

神谷は鼻先で笑うと、ビニール傘を手に車を後にした。

一の鳥居は駐車場の右手にあるため、潜るためには真田街道沿いにある参道の入口に回らなければならない。駐車場の端に案内板があり、その脇に参道に入る小道があった。

三人に容赦《ようしゃ》無く、大粒の雨が叩きつける。

「一の鳥居は抜かしませんか。これはたまらん。走りましょう」

神谷は走り出した。

三人は案内板脇の小道から参道を上って石段を駆け上がる。二の鳥居を過ぎて参道を一気に走り抜け、突き当たりの石段も上って本殿の軒下に入った。傘で肩から上はなんとか雨から免《まぬか》れたが、下半身は見事に濡れそぼっている。ポケットのハンカチを出したが、それすら濡れていた。

「さすが真田家ゆかりの神社ですね。神前幕に左三つ巴《どもえ》の神紋だけでなく、六文銭《ろくもんせん》も描かれていますよ」

びしょ濡れの早川が、本殿の黒い神前幕を見て喜んでいる。左三つ巴とは三つの勾玉《まがたま》の形をした巴が左巻きになっている図柄で、黒地の神前幕の左右に左三つ巴と外側に真田家の家紋である六文銭が白抜きで描かれているのだ。神谷も左三つ巴の神社はよく見かけるが、六文銭が描かれた神前幕を見るのは初めてだ。

伊奥は早くも本殿に向かって手を合わせている。神仏が宿る場所に一番に挨拶するのは当たり前のことだからだろう。

「嫌な天気になりましたね。よくいらっしゃいました」

本殿の中から萌黄《もえぎ》色の袴《はかま》を穿いた神主が顔を見せ、神谷らに手拭《てぬぐ》いを渡しながら丁寧に頭を下げた。

「突然お邪魔してすみません。押森《おしもり》さんにこちらの神社のことを簡単に教えて頂ければと思いまして」

伊奥は、神主に深々と頭を下げた。

神谷と早川も会釈すると、手拭いで濡れた服を拭《ふ》いた。

「どうぞ。本殿にお上がり下さい」

押森宮司《ぐうじ》は笑顔で本殿の引き戸を開けた。

「失礼します」

伊奥は会釈し、本殿に向いたまま靴を脱いで上がった。続いて早川が、靴を揃えるために後ろを向いた。

「靴はそのままでお上がり下さい。本殿に背を向けると神様にお尻《しり》を見せることになりますから」

押森は苦笑して言った。

「すみません」

早川は慌てて向き直って靴を脱いだ。

「なるほど」

神谷は頷きながら本殿に背を向けないように靴を脱いで上がった。

三人は本殿の畳敷に用意された椅子に座った。

「押森さんの苗字《みょうじ》の由来からお話ししてもらえますか？」

伊奥は押森に笑顔で言った。彼のコーディネート能力に今さらながら感心させられる。

「はい。押森という姓は、この真田の地が発祥です。八五七年にこの上の沢が洪水になり、神社が森ごと百メートル押されたと言われています。その時の神主が清原《きよはら》という姓だったのですが、『神の社《やしろ》』が押し流されたということで『押す森』から押森に苗字を変えたそうです。八五七年に姓が変わってから、私が五十四代目になっております」

押森は自分の姓の由来を語ると、山家神社が「水」の神様であり、この辺一帯の生活を守る神様だと説明を続けた。

「ははあ」

早川は感心しながら一生懸命メモを取っている。

山家神社がある山の頂に白山大権現をすえ、補佐する神様百二十社、末社《まっしゃ》というらしいが、実際山中に百二十の石の祠《ほこら》が祀《まつ》ってあるそうだ。

そのため、地元民だけでなく全国から行者（修験者）が訪れてひしめき合ったらしい。故に、この地を治めることになった真田家が山家神社を庇護《ひご》した。信仰心もあったのだろうが、真田家は全国からやって来る行者から情報を集めることが目的だったようだ。

押森は四十前後と若いが、話を聞いていると物語に引き込まれてしまう。知識を探求するだけでなく、神主としての厳しい修行を積んできたのだろう。

「真田家が戦国時代に情報戦で抜きん出ていた理由が分かりました」

早川がメモを取りながら言った。

「実は、黒井さんの行方を追って行動しているのですが、何かご存じありませんか？」

伊奥は押森の話の頃合いを見て尋ねた。捜査の手順にかなり慣れてきたようだ。神谷の出る幕はなくなったらしい。

「一ヶ月ほど前に当家で保管している江戸時代の寄進記を特別にお見せしたことがあります。それからお見かけしませんね」

押森は小さく頷いた。

「江戸時代の寄進記？　それって、黒井の出自を知る手掛かりになるものですか？」

神谷は首を傾げた。

「安永《あんえい》時代に、山の中に祀られている百二十のお社を建て直した際の〝四阿山末社寄進《あずまやさん》記〟というもので、真田家の名前が記されています。あくまでも寄進の記録です。名前が載っているのは、その時代の有力者がほとんどです」

押森は真面目な顔で答えた。

「割田さんや根津さんの場合とも違うようですね。黒井さんには他の目的があったのでしょう」

伊奥は何度も頷いた。

「そろそろ、お暇《いとま》しましょうか？」

腕時計を見た神谷は、伊奥に目配せした。ここから上田市内まで三十分以内で行けるだろう。だが、天候が悪いだけにゆとりを持って行動したいのだ。

「えっ！　六文銭入りの御朱印帳が欲しかったんですが」

早川が訴えかけるような目で、神谷と押森を交互に見た。

3・三月十三日AM9：47

午前九時四十七分。

伊奥の運転するジープ・ラングラーは、上田市街に入った。

「ちょうどいい時間になりましたね」

伊奥は言葉とは裏腹に小さな溜息を吐いた。彼は時間を作ってくれた横谷に気を遣っているのだろう。あるいは、運転している自分に腹を立てているのかもしれない。

山家神社を出る際に早川が御朱印帳を欲しいと言い出したので、押森は社務所に戻って御朱印帳に御朱印を押印してくれたのだ。そこまでは良かったのだが、車に戻った早川が貝田に御朱印帳を見せたところ、自分も欲しいということになった。わざわざ見せたのは、自慢したかったのだろう。

御朱印帳の右上部に六文銭が描かれており、デザイン的にも秀逸《しゅういつ》なのだ。カバーの色は三色あったのだが、早川は〝真田の赤揃え〟に倣って赤にした。金色の六文銭が地色の赤に映えるデザインは、貝田でなくても欲しくなるのは事実である。

観光気分の貝田に付き合う義理はないのだが、伊奥がせっかくだからと気を遣ってくれて、貝田も御朱印帳を買うことになったのだ。それだけなら二十分ほどのロスだったが、峠《とうげ》では豪雨のためスピードを出すことができずに時間が掛かった。

「充分でしょう。予定通りですよ」

神谷はスマートフォンの地図アプリを見ながら言った。数分で到着するだろう。

「尾行を撒かずに街に入ってしまいましたが、いいのでしょうか?」

伊奥はちらりとバックミラーを見た。白いセダンがまだ尾行しているのだ。

「我々に危害を加えるつもりなら、とっくに襲撃してきたでしょう。ただ、横谷さんのお店まで案内するのはまずいですね。車をどこかに停めて徒歩で行きましょう」

神谷は地図アプリで周囲を調べた。

「それならいい考えがあります」

にやりとした伊奥は国道144号から国道18号に右折し、四百メートルほど先のスターバックスに入った。

「なるほど。早川さん、すみませんが、貝田と一緒に囮《おとり》になってもらえますか？　我々はここから徒歩で抜けます」

神谷は伊奥の意図を察した。

「了解！」

早川と貝田が同時に返事をした。

国道18号沿いのスターバックスは郊外型のドライブスルーもあり、同じ敷地内に美容室とドミノピザの店舗もある。

伊奥は駐車場奥の美容室の脇に車を停めた。表の通りからは見えない位置である。

神谷と伊奥は、傘を手に飛び降りると美容室の建物の陰に隠れた。早川と貝田は傘を差して悠然と駐車場を横切って行く。

十数秒遅れて、白のセダンが駐車場に入ってきた。タイミングからして神谷らの姿は見られていないはずだ。ゆっくりと歩いていた貝田と早川を目視した可能性は高い。

白いセダンは、駐車場を一周して道路側に車を停めた。ジープ・ラングラーが無人だと確認したようだ。白いセダンの助手席から一人だけ降りてスターバックスに入って行く。

店に神谷らがいるか確認するのだろう。神谷が店内にいないことはすぐにばれるだろうが、だからと言って尾行者は動きが取れないはずだ。

「用を足してきましたので、遅れて来て下さい」

神谷は傘を差すと、白いセダンの後ろを通った。その際、バンパーの横に911代理店で使っているGPS発信機を取り付けた。目立たないようにバンパーの下に取り付けたかったのだが、屈《かが》まないとできないので仕方なく横に付けたのだ。神谷は何気なく、通り過ぎて横断歩道に出た。

「車に発信機でも取り付けたのですか？」

百メートルほど離れた交差点で待っていると、追い付いて来た伊奥が尋ねた。

「仕事柄、GPS発信機と盗聴器はいつもポケットに入れているんです」

神谷は笑顔で答えた。

「さすがです。青になりました。先に走ります。遅れるのは失礼ですから」

伊奥は傘を畳むと、走って横断歩道を渡った。五十歳になったと聞いているが、トップランナー並に走っている。神谷も傘を閉じて負けじと伊奥を追った。

八百メートルほど住宅街を走り抜けたところでスピードを落として周囲を窺《うかが》ったが、尾行者はいない。二人は交差点を曲がって〝A洋服店〟という店の前で立ち止まった。横谷は、オーダーメイド紳士服店のオーナーテーラーなのだ。

「ずぶ濡れじゃないですか。お入り下さい」

出入口のガラスドアを開けて、中年の渋い紳士が声を掛けてきた。

「失礼します」

二人は傘を畳み直して店に入った。

「警視庁認可アドバイザーの神谷隼人《はやと》と申します。今日はよろしくお願いします」

神谷は名刺を出し、頭を下げた。

「横谷です。豪雨の中、よくいらっしゃいました。お掛けください」

横谷も名刺を差し出し、バスタオルを敷いたソファーを勧めた。名刺を裏返すと〝真田家家臣横谷左近《さこん》十三代目〞と記されている。

横谷左近とは真田昌幸《まさゆき》の家臣として関ヶ原《せきはら》合戦後に九度山《くどやま》にも同行し、大坂の陣にも参戦したそうだ。また、左近の実弟である庄八郎《しようはちろう》は真田十勇士の猿飛佐助《さるとびさすけ》のモデルだと伊奥から聞いている。

「お時間を頂き、ありがとうございます」

神谷が改めて礼を言って二人はソファーに座った。

「横谷家は室町《むろまち》時代からの武家で、戦国時代に真田家が上州《じようしゆう》に侵攻してきた際に同家に属したと以前お聞きしました。代々の横谷家の中でも横谷左近は、特筆すべきだと思いますが、改めて神谷さんにご説明願えますか」

伊奥はいつものごとく進行役をはじめた。

「関ヶ原の合戦で、生き残りを賭けた真田家は豊臣《とよとみ》側である昌幸と次男信繁《のぶしげ》と、徳川側についた長男信之《のぶゆき》に分かれました。有名な話ですが、合戦前に昌幸と信繁が信之の沼田《ぬまた》城に入城しようとしましたが、留守を預かっていた嫁《よめ》である小松《こまつ》姫が入城を拒絶しました。横谷左近は信之側の家臣でしたが、昌幸と信繁を上田城まで無事に送り届けています」

横谷は神谷の目を見つめながら話した。さきほどまでと違って視線が鋭くなった。それだけ真剣に話しているということなのだろう。

「横谷左近の行動は歴史的事実ではありますが、あまり知られていないことなんです」

伊奥は補足した。

「真田家は表向きには二つに分かれましたが、実は一つだったということでしょう。沼田から上田までは真田家の領地でしたが、当時の緊迫した状況から考えればかなり危険だったのでしょう。土地勘があった横谷左近の案内があったからこそ、無事に送ることができたのです。昌幸は大いに恩を感じて左近に感状を送りました。これが、その感状です」

白手袋を嵌めた横谷は木箱から書状を出し、慎重に開いてみせた。昌幸一行は、上田まで時には道なき道を進んだということだろう。

「これは本物ですか？」

神谷は腰を浮かした。達筆な筆文字で、解読することはできない。

「日時の下に昌幸の署名と花押、それと左端に横谷左近殿と記されています」

伊奥が書状の文字を指して教えてくれた。

「本文はともかく慶長《けいちょう》五年という日付と名前は読めますね」

神谷は書状を見て頷いた。

「我々の先祖である忍者について、どう思われますか？」

伊奥はあえて「忍者」という言葉を選んで使ったようだ。もっとも、神谷に聞かせるためだろう。

「三重《みえ》大学には国際忍者研究センターが設立され、忍者を学問として研究するようになりました。大学の先生方からお話をお聞きすると、忍者は武道に長《た》けた総合科学者だったという気がします。なぜなら、忍者は天文学、地学、医学、薬術など当時の最先端の科学を会得していたからです。そのため、先祖は真田家に重宝されていたと思うのです。うちにある古文書の中に薬学の書だけでなく、〝虎ノ巻大事〟という巻物もありますよ」

横谷は誇らしげに答えた。

「なるほど、忍者は博学だったのですね。伊奥さんから横谷庄八郎は猿飛佐助のモデルだと聞きましたが」

神谷は遠慮がちに尋ねた。

「ちょっとお待ちください」

横谷は部屋の奥の棚から長い布袋を出し、中から一振りの刀を出した。

「昔は簞笥《たんす》に沢山の刀が収められていたようですが、散逸したそうです。今は室町時代に作られた二振りだけが残っています」

横谷は刀の柄を神谷に向けて見せた。

「あっ！」

神谷は思わず声を上げた。刀の鍔《つば》に猿の彫《ほ》り物があり、〝頭〟と呼ばれる柄の先端にも猿の彫金《ちょうきん》が施《ほどこ》されているのだ。

「先祖は猿の飾《かざ》りが好きだったらしいのですが、それで猿飛佐助のモデルと言われているのかもしれませんね」

気難しい表情をしていた横谷が笑った。

「ところで黒井に横谷さんを訪ねるように言われたのですが、何かメッセージは預かっておられませんか？」

四十分ほど横谷家の話を聞いてから神谷は尋ねてみた。

「いいえ、何も。黒井くんとは二ヶ月ほど会っていませんね。私を指名するなんて、どうしてだろうか」

首を振った横谷は、自問するように呟いた。

「二ヶ月？」

神谷は首を傾げた。これまで訪ねた割田《わりた》と根津《ねづ》、それに押森はいずれも「一ヶ月前」に会ったと聞いている。だが、二ヶ月前となると、時間は共通点ではなくなってしまうのだ。

「お忙しい中、ありがとうございました」

神谷と伊奥は、横谷に丁重に頭を下げて店を後にした。

4・三月十三日AM11：00

神谷はスターバックスの窓際の席でコーヒーを飲んでいた。

横谷の店から戻り、貝田と早川と合流している。貝田は腹が減ったので、蕎麦屋に行きたいらしいが、すぐに移動するつもりはない。尾行者の足を止めて様子を見ようと思っている。白いセダンは駐車場の片隅に停められたままなのだ。これからも神谷らが乗った車を尾行するつもりなのだろう。

「今回も黒井さんの意図《いと》が分かりませんでしたね」

伊奥はコーヒープレスのホットを美味そうに飲んでいる。

「私に真田家家臣の末裔に会って話を聞かせるという目的があるのは事実でしょう。だが、本当の目的はなんとなく分かってきました」

神谷は駐車場に停めてある白いセダンを見ながら言った。

「えっ。どんな目的なんですか？」

目を丸くした伊奥は、コーヒーカップをテーブルに置いて尋ねた。

「我々は昨日から尾行されています。裏を返せば、彼らを二日間引きつけているということになりませんか」

神谷はふっと笑みを浮かべた。

「確かにそうですが、黒井さんは我々を囮にしたということですか？」

伊奥は首を傾げて聞き返した。納得していないようだ。

「黒井は我々を監視していたはずです。というのも、彼は我々の行動を把握していましたから。あるいは、我々に尾行が付くことを知っており、その正体を摑むために彼らを監視していた可能性も考えられます」

神谷は渋い表情になった。

「とにかく黒井さんに会って話をしないといけませんね。実は三週間前に彼は突然私の元に現れて『俺だと思って持っていてくれ』と思い詰めた表情でお守りを託してきました。その時はよほど事情があるに違いないと、あえて聞きませんでした。問い質《ただ》さなかったことが、返す返す悔やまれます」

伊奥は険しい表情で言うと、ポケットから出したものを差し出した。よく見ると、六枚の寛永通宝《かんえいつうほう》が組紐《くみひも》で繋げられてある。

「これは、六文銭」

神谷は手に取って眺めると、伊奥に返した。五枚が一組になっており、一枚がそれを留める紐に通されている。五枚の寛永通宝は本物で、留金の役目をしている寛永通宝は見た目はそっくりだが樹脂《じゅし》製らしい。

「戦国時代はこうした六文銭を肌身離さず持ち歩いたりしていたそうです」

伊奥は六文銭をポケットに仕舞いながら説明した。

真田家の家紋にもなっている六文銭は、仏教では〝六道銭〟と呼ばれるもので、三途《さんず》の川の渡し賃と考えられていた。六文銭を旗印にするのは死を覚悟しているということだ。戦国時代、真田家の勇猛さは、死を覚悟した軍勢と恐れられた所以《ゆえん》である。

「黒井は死を覚悟して行動しているのか」

神谷は独り言《ひとりごと》を呟いた。

「上田まで来たので、一度長野《ながの》に戻りませんか？」

隣りのテーブル席に座っている早川が話に加わってきた。彼としては一度県警本部に帰った方がいいのだろう。

「あなたは上司に報告もあると思いますので、そうしていただけますか。私はやつらを追うつもりです」

神谷はスマートフォンを出し、追跡アプリを立ち上げて早川に見せた。玲奈《れいな》が作ったアプリが地図上に神谷の位置を青いポイントで、白いセダンに取り付けたGPS発信機の位置を赤いポイントで表示している。

「この地図アプリの青と赤の点はなんですか？」

早川は訝《いぶか》しげにアプリを見ている。

「実は、白いセダンの後部バンパーにGPS発信機を取り付けました。この信号を追って敵のアジトを見つけようと思っています」

神谷は声を潜めて言った。GPS発信機を取り付けるのは違法行為だからである。

「警官の私にそれを言わんでください。聞かなかったことにします」

早川は恨《うら》めしそうな目で神谷を見た。

「取り敢《あ》えず、あなたと貝田を駅まで送ります。電車で長野まで帰ってもらえますか」

神谷はカップのコーヒーを飲み干した。

「帰る⁉ 蕎麦を食べないで上田を離れませんよ」

貝田は挑戦的な目で神谷を睨んだ。

「少し早いですが、お昼ご飯を食べに行きましょうか」

伊奥は苦笑して言った。

スターバックスを出たジープ・ラングラーは、上田城跡公園の二の丸通りを通り、北陸新幹線と並行する祝町《いわいまち》大通りとの交差点を右折した。七百メートルほど進み、〝信州《しんしゅう》そば・やぐら亭〟の駐車場に入った。古民家のような趣《おもむき》がある二階建ての瓦《かわら》屋根の家屋で、二階の外壁に六文銭の飾りがある。

「いらっしゃいませ」

蕎麦屋らしい威勢のいい挨拶で出迎えられ、神谷らは奥の座敷席に通された。店内は清潔感があり、剝き出しの梁《はり》と窓の障子格子《しょうじこうし》がいい味を出している。

「この店ならなんでも美味しいですよ。上田の知人に教えてもらったんです」

伊奥は壁に張り出されているお品書きを指差して笑みを浮かべた。

「こっ、これは、大変だ」

貝田がさっそくメニューを広げて興奮している。

「何が大変なんだか。……ほお」

神谷も別のメニューを開いて、唸った。写真入りのメニューの品が、どれも美味そうなのだ。

四人はそれぞれ〝天ざるそば〟の定食にしたが、貝田は〝ぶっかけ蕎麦〟を追加で注文した。伊奥は量が多いからと注意したが、貝田は聞く耳を持たなかった。

「あらっ、伊奥さんじゃない。ここに来るのなら連絡してくれればいいのに」

店に入ってきた三人の女性客の一人が伊奥の顔を見ると、座敷に上がって隣りの席に座った。店員が挨拶していたので、常連のようだ。

「この店に来れば、お会いするかもと思っていました。久保《くぼ》さん、ご紹介します。東京からいらした神谷さんに貝田さん、それに長野の早川さんです。こちらは、真田忍者研究家でもある久保さんです」

伊奥はいつもの笑顔で神谷らに久保を紹介した。真田忍者関連とはいえ、この人物の顔の広さには驚かされる。この店を教えてくれた「上田の知人」とは彼女のことかもしれない。

「今日はうちのスタッフと一緒なんです。よくこの店に来ますので、私と会える確率は高いですよ」

久保は品よく笑うと、バッグから名刺を出して神谷に渡した。名刺には〝寿久庵《じゆきゆうあん》代表取締役女将《おかみ》〟と記されている。旅館の女将が本業のようだ。吾妻《あがつま》の斎藤のように地域おこしの一環として真田忍者を研究しているのかもしれない。

「はじめまして、神谷と申します」

神谷も名刺を差し出した。

「警視庁認可アドバイザー？　警察の方ではないんですね」

久保は笑顔を絶《た》やさずに鋭い視線を向けてきた。

「長野県警に研修に来ました」

神谷は頭を掻きながら笑って誤魔化《ごまか》した。

「連絡を下されば、うちにお泊めしたのに、今日は予約で一杯なんですよ」

久保は残念そうに言った。

「お待たせしました。ぶっかけ蕎麦のお客様」

女性店員が四角い大皿を手にしている。

「はい！」

貝田が大声で手を上げ、店内が一瞬静まり返った。もり蕎麦の上に天ぷらや山菜などが載っている。蕎麦汁《つゆ》を上からかけるから〝ぶっかけ〟というようだ。

「天そば、お待たせしました」

別の店員がトレーをテーブルに載せていく。テーブルは天そばのトレーで埋まってしまうので、貝田はぶっかけ蕎麦の皿を両手で抱えた。

「ほお」

神谷はさっそく箸《はし》を取った。天ぷらの盛り合わせにサラダや煮物、漬物の小鉢と充実している。それに蕎麦の量がいわゆる田舎盛りで都内の蕎麦屋の二倍はあるだろう。

「美味い！」

貝田が一番に声を上げた。ぶっかけ蕎麦の皿を抱えたまますごい勢いで食べている。

「これは美味い」

神谷も舌鼓を打った。蕎麦の香りが口一杯に広がり、喉越《のど》しがいいのだ。

「ところで、久保さん。黒井さんの行方なんて知りませんよね」

伊奥は蕎麦を啜《すす》りながらさりげなく尋ねた。

「知っていますよ」

久保は何気ない風に答えた。

「えっ！」

神谷は蕎麦を吹き出しそうになり、慌てて水を飲んだ。

5・三月十三日PM1：00

午後一時。

神谷は、洒落《しゃれ》たカフェで中煎《なかい》りのニカラグア産のコーヒーを飲んでいた。

明治時代の倉庫を改装したカフェで、焼き立て、挽《ひ》き立てにこだわった自家焙煎《ばいせん》コーヒーを提供する〝トータスコーヒー〟という店である。蕎麦屋で会った久保が、美味いコーヒーでも飲みながら黒井の話を、というので場所を変えたのだ。彼女と一緒にいた二人のスタッフは旅館の準備があるらしく、先に帰らせてある。

スマートフォンの追跡アプリを見ると、白いセダンは五十メートルほど離れた旧北国街道沿いの駐車場に入ったらしい。街道は狭いので、他人の駐車場に勝手に停めているのだろう。カフェがある駐車場は出入口が一つしかないので中に入って来る必要はないのだ。

「真田昌幸が二度も徳川軍を撥《は》ね除《の》けた上田城だけど、関ヶ原の戦いの後、取り壊されたの。江戸時代には規模が縮小されて修復されたんだけど、松や杉が鬱蒼《うっそう》と生い茂《しげ》る森のようになっていたみたい。九千坪の城跡は明治時代に払い下げになり、それを上田藩の御用商人だった丸山平八郎《まるやまへいはちろう》が買い取って整備し、上田町に寄付したの。平八郎は明治になり蚕《さん》種《しゅ》業の他、材木商で財をなした。彼なくして今の上田城跡公園どころか上田市はないわね。ちなみにこのカフェは平八郎の会社の材木置き場跡で、目の前の建物が平八郎の屋敷跡よ」

　久保はコーヒーを啜りながら言った。美味しいコーヒーが飲める粋《いき》な店というだけではなく、上田の歴史を説明するために来たのかもしれない。久保の正面に伊奥が座り、その隣りの椅子に神谷が腰を下ろしていた。

　貝田と早川は隣りのテーブル席に座っており、貝田は久保と視線が合わない席に座っている。一人でベイクドチーズケーキを黙々と食べていた。蕎麦屋で二人前食べたくせにデザートは別腹らしい。

「平八郎のことは知っていましたが、邸跡に来たのは初めてです」

　伊奥が相槌を打った。久保は黒井の居場所を知っているようだが、場所までは教えるつもりはないらしい。彼女は神谷の名刺から黒井に関係することで警察が動いていると判断したに違いない。それを察した伊奥は、久保に話しやすい環境を作ろうとしているようだ。

「この建物も含めて丸山邸跡は矢出沢川《やでさわがわ》が大きくうねった川岸に建っている。基礎としてお城のように石垣が組んであるけど、それは上田城の城跡から移設した物なの。今日は雨降りだから案内できないけど、河原から見る石垣は見事なものよ。城跡が払い下げになったときに石垣とかは取り壊しになるということで、平八郎は移設して後世に残したのね。それから余談だけど、ここの石垣をバックにした河川敷《かせんしき》で山田洋二《やまだようじ》監督《かんとく》の映画『たそがれ清兵衛《せいべえ》』の決闘シーンが撮影されたのよ」

久保は目を輝かせながら言った。真田忍者の研究だけでなく、上田の歴史も研究しているようだ。

「撮影場所は上田市と聞いていましたが、ここだったのですか」

早川は慌てて立ち上がると、窓の外を見た。

「勉強になります」

伊奥は大きく頷いた。

「神谷さんでしたね。私の見たところ、『研修』なんて嘘でしょう。それに長野から来た早川さんは県警の人じゃない？　商売柄、警官とヤクザって一目で分かるの。黒井さんのことで嗅ぎ回っているんでしょう？　本当のことを言いなさいよ」

久保は神谷と腰を下ろした早川をジロリと見た。

「……はい」

早川は、久保の迫力に圧倒されて仰《の》け反《ぞ》っている。

「正直に言って下されば、私だって協力は惜《お》しみませんから」

久保は笑みを浮かべた。飴《あめ》と鞭《むち》を使い分ける見事な手並みである。伊達《だて》に旅館の女将をしているわけではないようだ。

「実は、黒井は先日長野市内であった爆弾テロ事件の重要参考人でして、会って話を聴くべく捜しているのです」

早川は恐る恐る答えた。

「えっ！　爆弾テロ事件の重要参考人！　冗談《じょうだん》でしょう」

久保は口元を手で覆《おお》って豪快に笑った。店内が静まり返っているだけに他の客が驚いている。

「冗談ではありません。詳しくはお教えできませんが」

早川は首をゆっくりと振った。

「だって、あの事件は、どう考えても副知事の大谷《おおたに》さんを狙ったものでしょう。あの人は裏腹がなく、真面目だから腹黒い奴らからは目の敵《かたき》にされているから。大谷さんに黒井さんを紹介したのは、私よ。だからあり得ないの」

久保は人差し指で自分を指した。

「どういうことですか？」

神谷は身を乗り出して尋ねた。

「大谷さんの実家は上田にあってね、私は子供の頃から家族ぐるみで付き合いがあるの。それで、二ヶ月ほど前に大谷さんが上田にいらした際にうちの旅館で食事をされて。うちはね、板さんの腕がいいから会食だけというサービスもしているの。その時、個人的に調査したいことがあるので私立探偵を探していると聞いたから、黒井さんを紹介したのよ。大谷さんの身辺でよくないことが続いているから、身の危険を感じるとも言っていたわ。その点、黒井さんは、探偵業の方は知らないけど腕は立つから」

久保は声を潜めた。

「ボディーガード……」

神谷は小さく頷いた。彼一人雇《やと》えば、大手の警備会社の警備員を大勢雇うより戦力になるのは確かである。

「大谷さんは、命が狙われたことを理由に今は公務から外れて療養中のはずよ。黒井さんは一緒にいると思うけど。副知事の療養先を県庁に尋ねてみたら？」

久保はそう言うと、コーヒーを飲み干して立ち去った。「会計は済ませておくので、ごゆっくり」と、さりげなく会計をした姿も気風《きっぷ》もいい。旅館の仕事が忙しいのにわざわざ時間を割《さ》いてくれたようだ。

「副知事には県警から護衛が付けられているので、黒井が出入りしているとは思えませんが、連絡を取り合っている可能性はあり得ますね。私は本部に戻って上司に報告します。犯人は黒井が副知事のボディーガードだと知って、彼の指紋がついた道具箱を使って爆弾を作ったのかもしれません。まんまと犯人にやられました」

早川は悔しそうに言った。

「黒井はバイク乗りでしたね。整備のために持っていた彼の道具箱が盗まれた可能性は大いにありますよ。爆発現場に来たり、我々に探りを入れたりしていたのは、それを確かめるためだった可能性はあります。すぐに捜査会議を開いてください」

神谷はコーヒーカップをテーブルに載せると立ち上がった。捜査は振り出しに戻ったのだ。ぐずぐずしていると、県警の捜査官は無駄足を踏むことになる。

「そうですね。すぐに行動しましょう」

早川が席を立つと、伊奥も腰を上げた。

「えっ！　ガトーショコラを注文しようと思ったんですが」

チーズケーキを平らげた貝田が、右手のフォークを子供のように振った。

「置いていく」

右眉を吊り上げた神谷は、構わずに店を出た。

隠れ家

1・三月十三日PM3：30

三月十三日、午後三時三十分。長野《ながの》県警本部。

神谷《かみや》と伊奥《いおく》は、庁舎本館の小会議室でかれこれ二時間半近く待たされている。テーブルに出されたお茶は冷めきっていた。神谷はスマートフォンで岡村《おかむら》に報告するなどしていたが、それでも時間を持て余している。

例の白いセダンは、神谷らを追って図々しくも県庁舎の駐車場で停止した。神谷は時間を見計らって見に行ったが、白いセダンの姿は消えていた。さすがにGPS発信機に気が付いたらしく、駐車場の植え込み近くに捨ててあったのだ。

伊奥は、会議室の片隅で座禅を組んで瞑想《めいそう》している。修行は山の中じゃなくてもできるらしい。

貝田《かいだ》は今頃、北陸新幹線で東京に向かっている。帰りたくないと言っていたが、上田《うえだ》駅で駅弁を買うことを勧めたらあっさりと従った。よくよく聞いてみると、車の後部座席に乗っているのも飽きたそうだ。

本部に戻った早川《はやかわ》は刑事部長に報告し、それを受けて聞き込みに出ていた捜査員が招集されて捜査会議が開かれた。その間、神谷と伊奥は通された小会議室で待つ他なかったのだ。

「お待たせしました」

ドアが開き、早川が入ってきた。

「どうでした?」

神谷はスマートフォンを仕舞って尋ねた。

「黒井《くろい》が頼みの重要参考人だっただけに、刑事部長は相当焦っていましたよ。そもそも、捜査員らはいずれも黒井の足取りを摑んでいませんでした。捜査が振り出しに戻ったというより、一ミリも進んでいなかったのです」

早川は肩を竦めると、神谷の前の椅子を引いて座った。

「我々は引き続き捜査に協力するつもりですが、刑事部長はどうお考えですか?」

神谷は隣りに座る伊奥と目配せをした。彼も黒井を見つけるまで捜査に協力してくれるそうだ。同じ真田《さなだ》忍者の末裔として、このまま放っておけないのだろう。

黒井を追えば、また尾行者が現れるはずだ。その際、警察官である早川が一緒に行動してくれれば、尾行者を任意で尋問し、場合によっては逮捕することも可能だろう。神谷は三人での捜査の続行を望んでいた。

「私に極秘の捜査命令が下りました」

早川はいささか緊張した表情になった。

「我々は捜査から外れるということですか？」

神谷は溜息を殺して聞いた。

「その逆です。二日間で結果を出したのは、神谷さんと伊奥さんだけなんです。二人に捜査班を付けることになりました。極秘捜査としたのは、民間人を頼りに動いていることが外部、特にメディアに知られないようにするためです」

早川は周囲を気にしているかのように声のトーンを落とした。小会議室には三人だけなので気を遣う必要はないのだが、極秘に行動するように命じられているからだろう。

「特別チーム……なんですね」

神谷は小さく頷いた。

「チームと言っても、私を含めて三人です。地取りから一組だけ私の下に就くことになりました。近藤《こんどう》と木村《きむら》という、どちらも刑事歴八年のベテランです」

「五人で行動することになるのですか？」

「それでは目立つので、彼らは別行動させます。大谷《おおたに》副知事の自宅に向かわせました。とりあえず、警備している警察官や周辺の聞き込みをします。相手が政治家ですから慎重に行動するようにと本部長から厳命を受けています」

早川は背筋を伸ばして答えた。本部長から命じられているせいか、どこか緊張感が感じられる。

「直接副知事に黒井のことを聞かないのですか？」

神谷は念のために尋ねた。重要参考人となった黒井を雇いましたか？　とはさすがに聞けないだろう。

「その役目は私ということになっております。ご一緒願えますか？」

早川は頭を下げた。

「了解です。お供します」

神谷と伊奥は同時に立ち上がった。

早川のポケットから呼び出し音が響く。

「はい。近藤か。私だ」

早川はスマートフォンを取り出し電話に出た。さっそく副知事の自宅周辺で聞き込みをしている部下から連絡が入ったようだ。

「何！　本当か！　すぐそっちに行く」

早川が声を上げた。口ぶりからして良くないことが起きたらしい。

「どうしたんですか？」

驚いた神谷が尋ねた。

「副知事の秘書がご自宅を訪ねたのですが、不在だというのです」

「不在ってどういうことですか？」

「護衛の警察官は、副知事の門前に二名。それにパトカーも配置してあったのですが、誰も外出したことを知らないと言うのです」

早川は眉間に皺《しわ》を寄せて頭を掻《か》いた。

「副知事邸に案内してもらえますか？」

神谷は早川の肩に手を乗せて言った。

2・三月十三日PM3：40

十分後、神谷はジープ・ラングラーを運転し、長野市北西部の往生地《おうじょうじ》にある屋敷に入った。この二日間伊奥に任せていたので、自分で運転したくなったのだ。助手席に早川を乗せ、案内させた。

早川はパトカーを出すと言ったが、神谷と伊奥は民間人なので遠慮した。門前に立っていた二人の私服警察官が、先に副知事邸を尋ねた近藤と木村だろう。二人は、神谷らにさりげなく会釈して通した。制服警察官とパトカーが警備に当たっていたが、副知事がいなくなったので撤収したそうだ。

神谷は、車を玄関のすぐ手前に停めた。

「立派なお屋敷ですね。家に入る前に周囲を拝見しませんか？」

車から降りた伊奥が、提案した。

「そうしましょう。大丈夫ですよね」

神谷もそう思っていたので異論はないが、早川に尋ねた。家に入る許可は得ているはずなので家宅侵入にはならないだろう。

「問題ありません」

早川は小声で答えたが、あまり賛成というわけでもなさそうだ。

前庭には松の古木や梅の木が植えてあり、素人目にもよく手入れされていた。

「剪定《せんてい》は庭師の仕事ではありませんが、おそらく大谷さんがご自身でされていたのでしょう。草木に愛情を注がれていることがよく分かりますよ」

庭師である伊奥は庭木の状態を見て頷いている。

三人は敷地内を塀に沿って反時計回りに歩く。

玄関の左手に廊下で繋がっている平家の小さな離れがある。窓から中を覗くと、六畳ほどのスペースで、隠居部屋という感じだ。その前を通り過ぎると雑草が生い茂る通路があり、裏庭に出ることができた。

十坪ほどの広さに岩が配置され、その奥は竹林になっている。そのまま裏山に通じているので、門や屋敷の前で警備している警察官に気付かれずに抜け出すことは簡単だろう。また、数人の暴漢が裏山から侵入し、人知れず大谷を誘拐《ゆうかい》することも可能なはずだ。

神谷らは、裏庭を通り過ぎて家の右手にある石畳の通路を抜けて玄関前に戻った。左手にあった通路は普段は使用していないのだろう。

「御免ください」

玄関には呼び鈴もないので、早川は木製の引き戸を軽く叩いた。

「ご苦労様です。副知事秘書の佐久山《さくやま》です」

五十前後のスーツ姿の男性が引き戸を開けて、慇懃《いんぎん》に頭を下げた。

「県警の早川です。副知事の所在が分からなくなったと伺いました。確認させてもらってもいいでしょうか？」

早川は佐久山に丁寧に頭を下げた。

「奥様から許可は得ています。ご案内しましょう」

佐久山は引き戸を全開にして右手を伸ばした。大谷が命を狙われたために妻と子供は、山梨《やまなし》にある彼女の実家に身を寄せているそうだ。

神谷らは三和土《たたき》に靴を脱いで上がった。正面に階段があり、廊下は黒光りする板張りで薄暗い。立派な日本家屋であるが、成金にありがちな飾り物はなく質素な雰囲気がする。

「大正《たいしょう》十一年に、二代前の当主が江戸時代に建てられた家屋を全面改修しました。先代と現当主である副知事は、部分改修などのメンテナンスはしていますが、構造的には大正時代のままです。そのため、文化財としての認定を受ける予定になっています」

佐久山は襖《ふすま》や障子を開け、部屋が無人であることを示しながら進んで行く。入って右手は唯一の洋室で反対の左手の部屋に入る。四つの八畳間が襖で仕切られており、襖を取り外せば、三十二畳の大広間になるようだ。

再び廊下に出て階段の前を通り過ぎて六畳の和室に入り、左の襖を開けると、十畳のダイニングキッチンになっていた。シンクは新しいが、木製の勝手口がある造りはいかにも大正時代という雰囲気である。

キッチンから廊下に出て階段を上がると、両側に襖が続いている。

「本当に豪邸ですね」

早川が溜息を漏らした。

「副知事は、広いばかりで不便だと仰《おつしや》られていました。文化財に認定されたら、県に寄贈して敷地の片隅に小さな家を建てて住まわれる予定だそうです」

佐久山は左手前の襖を開けると、廊下を進んで次の部屋の襖も開けた。一階と同じく仕切りとなる襖を取り外せば、大広間になるようだ。

今度は右手の襖を開けると、八畳間があった。片隅に簞笥《たんす》があり、押し入れもあるので、幾分生活感がする。また、押し入れの隣りは床《とこ》の間になっており、掛け軸も掛けてあった。

「こちらがご夫婦の寝室になっております。布団も綺麗に畳まれて押し入れに仕舞ってありました。息子さんの部屋は隣りの六畳間で、使われているのはこの二部屋だけです」

佐久山は部屋には入らずに説明した。

「掛け軸は以前から同じ物が掛けられていましたか？」

伊奥が部屋を覗き込んで尋ねた。

「そう言えば、一昨日お伺いした時は、紅白梅に鶯《うぐいす》の絵でした」

佐久山は首を傾げながら答えた。言われて初めて気が付いたらしい。

「すみません。報告しなければいけないので、部屋の内部を撮影させてもらっていいですか？」

神谷は断りを入れて部屋に入り、スマートフォンで室内を撮影した。

「ご協力ありがとうございました。副知事から連絡が入ったら、県警本部にご連絡をお願いします」

早川は佐久山に礼を言って屋敷を出た。

「写真を撮るまでもなかったかな」

神谷は苦笑を浮かべて言った。

「黒井が、掛け軸を替えたのでしょう。しかし、簡単すぎて罠《わな》かもしれませんよ」

早川は渋い表情で言った。掛け軸は〝白山大権現《はくさんだいごんげん》〟と記されていたのだ。もし、それがメッセージなら、山家《やまが》神社のことになる。

「まったく、メッセージというのなら、電話かメールをすればすむのに」

神谷は歩きながら溜息を吐いた。

「世の中デジタルになったからこそ、情報は簡単に漏洩《ろうえい》するようになったのです。黒井さんは、あえてアナログな手法で我々に伝えようとしているんじゃないですか？　それほど慎重に行動しているのでしょう」

伊奥は神谷を咎《とが》めるような口調で言った。

「なるほど。とりあえず、行ってみましょう」

神谷はジープ・ラングラーの運転席に乗り込んだ。

3・三月十三日PM5：10

午後五時十分。

ジープ・ラングラーは雪まじりの小雨がちらつく中、山家神社に到着した。

押森には移動中に連絡を入れたが、黒井からは接触はないそうだ。念のために郵便ポストなども調べてもらったが、メッセージらしき物は届いていないらしい。とはいえ他に捜査の手掛かりはないため、駄目元でやって来たのだ。

「傘を差すほどでもないか」

車を降りた神谷は駐車場から参道に向かう。

「うん？」

神谷は参道に抜ける小道の前で立ち止まった。午前中来た時は、大雨が降っていたためによく見なかったのだが、屋根がついた立派な案内板が気になったのだ。

この辺りの地図と史跡の写真が掲示されており、右手には「史跡めぐりコース案内」というタイトルの下に五つの「史跡めぐり」のコースが紹介されていた。地図上の道筋が五色に色分けしてあり、それぞれのコースを示している。その内の一つのコースに六文銭のシールが貼り付けてあるのだ。

「六文銭のシールは、『岩井《いわい》観音堂コース』に貼られています。この案内板は何度も目にしていますが、シールが貼られているのを見たのは初めてです。意味があるかもしれませんよ」

　隣りに立った伊奥はそう言うと、スマートフォンを出して押森に電話を掛けた。

「やはり、押森さんは、ご存じありませんでした。悪戯《いたずら》じゃないかと言っていましたが」

　伊奥は首を傾げながら、神谷と早川の足元を見た。神谷は防水加工されたウォーキングシューズだが、早川は黒い革靴である。

「この案内板によると、『山家神社』―400m―『旗見石《はたみいし》』―450m―『長谷寺《ちょうこくじ》・真田公墓所』―1・8キロ―『岩井観音堂』と記されていますね。ここまで来たのですから、無駄足覚悟で行きませんか？」

　神谷はスマートフォンの地図アプリを見て言った。

「長谷寺の先は山道です。傘を差して歩くことはできません。しかもすぐに日は暮れます。完全装備で行くべきです。できれば、明日の朝にした方がいいと思います」

　伊奥は険しい表情で言った。神谷と伊奥の上着は防水仕様だが、早川がスーツの上に着ている防寒ジャケットは防水ではなさそうだ。

「いや、すぐに出発すべきです。夜の闇に紛れて行動した方がいいでしょう。ここいらで尾行を完全に断ち切った方がいいと思います。早川さんには、車を運転して囮になって欲しい。上田市内に戻って食事をするなど、どこかで時間を潰してもらえますか？」

　神谷はそう言うと、車のバックドアを開けて工具箱からヘッドライトを出して頭に装着した。小型のハンドライトはいつも携帯しているが、山道なら手ぶらになれるヘッドライトの方がいいだろう。

「尾行に気付いていたんですね」

伊奥は苦笑した。黒のワンボックスカーが長野から尾《つ》けてきたのだ。すぐ近くで見張っているに違いない。

「……了解です」

早川は戸惑《とまど》い気味に頷いた。尾行に気付いていなかったらしい。

「それでは我々は行きましょう」

神谷は早川に車のキーを投げ渡した。

「お任せください」

早川はジープ・ラングラーの運転席に乗り込んだ。

神谷と伊奥は山家神社の裏手から抜けて緩い坂を東に上り、幸村《ゆきむら》街道と並行している真田東部線との交差点に出る。ライトは念のためにまだ使っていない。交差点を渡ると、車がすれ違うことができそうもない細い道路になった。

四百メートルほど進んで長谷寺を過ぎると、落ち葉が積もる砂利《じゃり》道《みち》になった。

周囲はすでに夕闇が迫っている。山間《やまあい》だけに日が暮れるのは早い。それに小雨は完全に雪に変わっていた。だが、積もるほどの勢いはなさそうだ。

「ライトなしで行けるところまで行きましょう。私が道案内をします」

伊奥は先に歩き出した。早川が囮になってくれたので尾行はないはずだが、それでも用心しているらしい。

道は未舗装ながらも整備されているため歩き辛いということはない。だが、鬱蒼とした森を抜ける道なので足元もおぼつかないほど暗くなってきた。

「こちらは、真田昌幸《まさゆき》公と真田幸隆《ゆきたか》公夫妻の墓所になります」

伊奥は右手にある立派な墓に向かって一礼すると、念仏を唱えた。

数分後、二人は「岩井観音堂左へ」という立て看板がある未舗装の林道に入って行く。表面は落ち葉が堆積《たいせき》しており、濡れているため滑りやすい。

伊奥がハンドライトを点灯させたので神谷もヘッドライトを点けて足元を照らした。

「この先の林道は深い森の中ですが、念のために足元だけ照らしてください。私の歩く通りに進んでもらえれば、大丈夫ですから」

伊奥は振り返って言った。

「了解です」

頷いた神谷は下を向いた。光は遠くまで届く。木々が茂っているからと安心できない。

「岩井観音堂と呼ばれる洞窟《どうくつ》には、古くから白山信仰が広まっていたことを示す、鎌倉《かまくら》時代に設置された『光明寺建立《こうみようじこんりゆう》の碑』と、江戸時代中期に設置された『再建碑』があります。どちらも貴重な資料です。平成二十五年には『十一面観音』が再建安置されました」

伊奥は息を乱すこともなく、話しながら歩く。

二人は山を回り込む形で林道を上って行く。先ほど見かけた立て看板には「軽自動車

（四駆）登坂可能」と記されていただけに極端に急な坂道ではないが、日陰と思われる場所は雪が残っている。

三十分後、大岩が丘の上に聳《そそ》り立つ場所に出た。岩井観音堂に到着したようだ。

神谷は大岩の中央にある洞窟内部をハンドライトで照らした。洞窟の壁は、自然のひな壇のようになっており、その上に先ほど伊奥から聞いた十一面観音だけでなく、苔《こけ》むした仏像が安置されている。また、右手には石碑があり、左手には数基の石造宝塔が並んでいた。

洞窟は大小の穴が空いており、ライトで照らしてみたが人が潜んでいる様子はない。

伊奥は跪《ひざまず》くと合掌して念仏を唱え始めた。神谷は洞窟内部にライトを当てることは不謹慎だと感じ、ヘッドライトの電源を切った。

「むっ」

眉を吊り上げた神谷は、ポケットからハンドライトを出して右手の藪《やぶ》を照らした。藪の中に人の気配を感じたのだ。

「俺を察知するとは鋭いな」

藪から黒井が現れた。

「こんなところに呼び出すとは、粋狂にもほどがあるぞ」

神谷は黒井の前に立って睨《にら》みつけた。

「粋狂か。面白い」

黒井はにやりとした。

「案内しろ」

神谷は命じた。

4・三月十三日PM6：20

午後六時二十分。

神谷は黒井に従って足元が悪い尾根道を歩いていた。

二メートルほど後方を伊奥が付いてくる。

黒井は大谷副知事の元に案内すると言って、岩井観音堂を離れた。だが、山を下りるかと思えば、山家神社とは反対方向に向かったのだ。南東の五百メートルほど離れた標高約千四百三十メートルの達磨山《だるまやま》を経由し、今度は西に進んでいた。

黒井は夜目が利《き》くらしく、ライトも持たずに歩いている。神谷はフィルムを貼った黒井のハンドライトを使用しているのだが、圧倒的に光量が足りない。神谷のハンドライトとヘッドライトは光量が多いからと黒井から使用を禁じられた。木々の間を抜けたり、岩肌を歩いたりと昼間ならともかく、足元の悪い山道に神谷は手こずっている。

「どこに向かっているんだ」

神谷は堪《たま》らず尋ねた。スマートフォンを出す余裕もないため、現在位置も分からない。

「黙ってついて来い」

黒井は吐き捨てるように答える。

「大丈夫ですよ。この道は昔から修験者が使う道ですから。それにさすがに追手もここまでは来られません」

伊奥が背後から声を掛けてくれた。彼は位置を分かっているだけでなく、目的地の見当がついているのだろう。

黒井は尾根道を右に向かった。

「源二郎岳《げんじろうだけ》から下山するんじゃないんですね」

伊奥の思惑とは違ったらしい。神谷もなんとなく方角的に戻るような気がした。

「達磨堂を素通りしたくないんだ」

黒井は振り返って言った。

五百メートルほど道無き道を進み、急な斜面を木々の間を縫《ぬ》うように下りて大岩の前で黒井は足を止めた。光量の足りないライトで照らすと、大岩はくり抜かれており、祭壇のような場所に石の仏像と達磨が並んで安置されている。賽銭箱《さいせんばこ》も設置されているので、参拝客もいるのかもしれない。傍に達磨堂と記された小さな木札が立っていた。

黒井と伊奥は跪いて何か唱えている。これも山岳信仰の一つのようだ。

「二ヶ月前、上田の久保さんから大谷副知事の身辺警護ができる私立探偵として紹介された」

立ち上がった黒井は、これまでの経緯を話し始めた。

大谷は以前から、長野県全域で土地を買い占められて太陽光パネルが設置されることを警戒していたそうだ。太陽光パネルは脱炭素の救世主のような扱いで広まっている。だが、休耕地ならまだしも、山林を濫伐し、自然を破壊してまで設置するケースが増えていた。また、現在使われている太陽光パネルはリサイクルできないため、廃棄するしかない。大谷の懸念《けねん》は、環境に優しいどころか、環境破壊にすらなっていることだった。雇われた黒井は太陽光パネルに関する用地買収を調べるように密かに依頼されたらしい。

極秘で調べるように依頼されたのは、長野県議や市議の中に太陽光パネルの推進派が多いためらしい。彼らの多くは自由民権党に所属しており、様々な利権で地域と癒着しており、副知事といえども抗《あらが》い難《がた》い存在のようだ。

「なるほど。とするとおまえを襲撃した連中や我々を尾行しているのは、土地買収の調査活動を嫌ったためか？」

神谷は腕時計を見ながら言った。時刻は午後七時五分になっている。

「可能性は大きいが、そのために襲撃だけならいざ知らず、爆弾テロまで起こすとは思えない」

黒井は敵の正体をまだ掴めていないようだ。

神谷のポケットでスマートフォンが振動した。取り出してみると、玲奈《れいな》からの電話だと表示されている。

――日光《にっこう》テクニックの裏の顔が分かったわよ。四つの大株主がいるんだけど、全部上《シャン》海《ハイ》電装公司が名前を変えているだけ。四社合わせて株の八十パーセントを持っているから、実質上海電装公司という中国の会社よ。

玲奈から新たな情報がもたらされた。

「ありがとう。その会社は犯罪組織と繋がっているのかな？」

上海電装公司は中国の大手であるため、株や土地の買い占めは理解できるが、暴力的な手段まで使うとは思えないのだ。

——中国本土では地元の政治家を抱き込んで手荒い真似をするそうだけど、日本ではそこまでしていないみたい。念のため調べるけど、分かったらまた連絡する。

玲奈は目覚めてすぐに連絡してきたらしい。

「今、会社から調査結果があった。太陽光パネル設置のために土地の買収をしている日光テクニックの裏の顔は、上海電装公司という中国の会社らしい」

通話を終えた神谷は黒井の話を中断したために苦笑した。

「上海電装公司？　中国の企業が関わっているという噂を聞いたことがあるが、よく調べ上げたな」

黒井が首を横に振った。

「俺の所属する911代理店は、少数精鋭なんだ」

神谷は親指を立ててみせた。

「お前と会社が優秀なのは認めよう。話を元に戻すが、俺はこの二ヶ月間、長野県内の日光テクニックが買い占めた土地を調べていた。だが、一ヶ月前ほどから妨害工作を受けるようになり、襲撃もされた」

「一ヶ月も嗅ぎ回られて敵は堪忍袋の緒が切れたということか？」

「俺もそう思っていた。だが、はじめて妨害工作を受けた二日前に大谷さんから大変な情報がもたらされたのだ」

黒井は言葉を区切って神谷と伊奥を交互に見た。

「焦《じ》らすなよ」

神谷は催促《さいそく》した。

「どこの県でも副知事は役所の幹部から選ばれ、知事のパイプ役、悪く言えばお飾りのようなものだ。その点、大谷さんは政治家としての手腕を見込まれている。八月に行なわれる次の県知事選で立候補したら、知事になる可能性が高い。そうなれば、彼を中心に野党が結束するだろう。当然、自由民権党の政治基盤が崩れ、国政にも影響する」

黒井は意味ありげに言った。

「だが、現知事は自由民権党の強力な支持基盤がある。大谷さんは所詮《しょせん》公務員あがりで、人柄だけで当選するとは思えないな。政治の世界は人脈と金だ。金に無頓着《むとんちゃく》な大谷さんには向かない」

神谷は話の内容が変わったことに違和感を覚えながら肩を竦めた。

「だが、長野県民なら大谷さんに投票する理由が出てきたのだ」

黒井はにやりと笑った。

「どういうことですか。まさかとは思いますが」

伊奥が両眼を見開いている。

「早く教えろ」

神谷は意味が分からずに苛立《いらだ》った。

「一ヶ月前に大谷さんは、納戸にある先祖伝来の巻物や古文書を博物館に寄贈するために整理した。すると、古い家系図が見つかったのだが、大谷家は真田信繁《のぶしげ》と竹林院《ちくりんいん》の六番目の子、大吾《だいご》の血筋だというのだ」

黒井は声を潜めた。

「信繁は正室である竹林院との間に五人、側室である堀田《ほった》興重《おきしげ》の娘との間に一人、高梨内記《たかなしないき》の娘との間に二人、隆清院《りゅうせいいん》との間に二人、その他にも数人の子が存在すると言われています。ほとんどの子供は信繁が九度山に幽閉されてから生まれている。しかも大坂の陣で亡くなっているのに竹林院の六番目の子だなんて信じられない」

伊奥は珍しく興奮した口調で首を横に振った。真田家の家臣の子孫を自負するだけに不確実な情報を許せないのだろう。

「俺もそう思っていた。そのため、それを裏付けるべく、真田家の子孫や家臣団の子孫が持っている古文書をこの一ヶ月の間、調べ尽くした。まだ、確実な史料は見つかっていない。だが、家系図の中に大谷信定《のぶさだ》という人物がいて、その名がとある神社の江戸時代の寄進記に記されていた。偶然の一致ということもあるので、〝ミュゼ〟の館長に他の古文書を調べるように極秘で依頼している」

　黒井は伊奥を宥《なだ》めるように言った。彼自身もまだ全面的には信じていないのだろう。〝ミュゼ〟とは群馬《ぐんま》県吾妻《あがつま》郡中之条《なかのじょう》にある博物館で、地域の古文書をたくさん所蔵しているそうだ。特に真田家関連の史料は豊富にあるらしく、研究もなされているらしい。

「話が見えない。俺に分かるように説明してくれ」

　側で聞いていた神谷は首を振った。

「竹林院は、豊臣秀吉《とよとみひでよし》の家臣大谷吉継《よしつぐ》の娘なのだ。六番目の子となれば、信繁つまり真田幸村が九度山にいる時に生まれたのだろう。真田家の危機を悟った竹林院が密かに赤ん坊の大吾を親族に預け、大谷姓を名乗らせたと考えれば、辻褄《つじつま》が合う」

　黒井が説明した。

「大谷さんが真田幸村の正室の直系の子孫だと分かれば、長野県民は支持しますよ。山梨県民ですが、私でも一票入れたくなる。四百年経った今も、真田家は人気があるのです」

　伊奥が補足してくれた。

「大谷さんの家系図が発見されたことが関係するのなら、命を狙っているのは中国系企業ではなく、彼の血筋を恐れた自由民権党なのかもしれないな」

　神谷は大きく頷いた。岡村は警視庁を退職後も不正を働いた政治家や警察官を調べ上げ、自由民権党に関係する〝M委員会〟という組織の存在を知ることになった。「民主主義を守る委員会」の略なのだが、実態は自由民権党に不都合な人間をこの世から抹殺《まっさつ》するという非合法な組織である。

神谷もこれまでに何度も〝M委員会〟の陰謀を暴き、敵対してきた。彼らなら知事を殺害するために時限爆弾を使用してもおかしくはないと思う。

「ですが、命を奪おうとするのは、やり過ぎですよね。犯人は中国企業の手先と言われた方が納得ですが」

伊奥は首を傾げた。

「これは極秘情報ですが、自由民権党には〝M委員会〟という裏組織があるのです」

神谷はこれまであった事件の裏話を二人に聞かせた。

5・三月十三日PM7：40

午後七時四十分。

達磨堂を出た神谷らは鬱蒼とした森を抜け、落ち葉の堆積した斜面を下りて稜線《りょうせん》に出た。途中で達磨堂への木札や基本測量と記された木柱などがあった。それでも山道というよりも獣道に近いが、黒井は迷うことなく星あかりもない暗闇を進み続けている。

「彼は夜目がよほど利くらしいな」

神谷は足元をハンドライトで照らしながら振り返って言った。さきほどまで小降りだった雪が、今は本降りになっている。

「この辺りなら俺は目を閉じていても山を登り下りすることができる」

黒井は鼻先で笑った。それだけ修行していると言いたいのだろう。

岩場を乗り越えて稜線から山の急斜面を下りて行く。樹木帯を抜けると緩やかな坂の林道に出た。

「もうすぐ真田氏本城跡に出ますよ」

背後の伊奥が囁《ささや》くように教えてくれた。

「本城跡？」

神谷は振り返って首を傾げた。

「真田昌幸が上田城を築くまで三代にわたって真田氏の本拠地とし、幾多の戦闘の司令部として活躍した山城です。城跡は標高八百九十メートルの地にあり、上田の街並みを一望できるんです」

伊奥はいつもの博識を披露《ひろう》した。

やがて周囲が開け、足元が平らになった。

「真田氏本城跡は右手奥で、すぐ先は駐車場です」

伊奥が指差した先に車が一台停まっている。

「まさかとは思うが」

神谷は眉を吊り上げた。伊奥の指差したのは2ドアの軽自動車である旧型のジムニーなのだ。

「借り物だが、地方都市で目立たないのは、軽だ。どこかの馬鹿みたいに大型の四駆は人目を惹《ひ》くだけだからな」

黒井は神谷をチラリと見て鼻先から息を漏らした。

「むっ！」

神谷は黒井を睨みつけた。

「どっちかが荷台に乗らないとな」

黒井は軽自動車の運転席に乗り込んだ。

「私が乗ります」

苦笑した伊奥が後部座席に収まった。彼は一七六センチほどで中肉中背だが、神谷よりは二回り小さい。

「すみません」

神谷は伊奥に頭を下げて助手席に座った。

黒井は車を出すと、国道１４４号を上田市とは逆の北に向かった。しばらく走り、二股《ふたまた》の交差点で菅平《すがだいら》高原方面と記された看板に従って左の４０６号に入った。路面にはうっすらと雪が積もっている。黒井はすでにジムニーを２駆から４駆に切り替えていた。タイヤは無論スノータイヤを履いているのだろう。

坂の傾斜が急になり、しかもやたら曲がりくねってきた。だが、黒井は巧《たく》みなハンドル捌《さば》きで走る。とはいえ、車というより、バイクの走り方だ。

菅平高原を過ぎ、須坂《すざか》長野東インターチェンジから上信越自動車道に入る。長野市内には入らないようだ。

上信越自動車道は斑尾《まだらお》高原で大きく左に曲がる。菅平高原では雪で視界が悪かったが、高原を過ぎた途端、雪は収まってきた。

「新潟《にいがた》に行くのか？」

神谷はスマートフォンで現在位置を確認しながら尋ねた。

「もうすぐ着く」

黒井は表情もなく答えた。

数分後、信濃町《しなのまち》インターチェンジで下り、県道18号に入った。野尻湖《のじりこ》脇を過ぎると県道は上信越自動車道と並行し、新潟県に向かう。

バックミラーで後ろを窺いながら黒井はいきなり道から外れて藪の中に入った。道路から出た際に車は大きくバウンドする。黒井はハンドルを切って朽《く》ち果《は》てた木造の建物の後ろに停めた。

「乱暴だな。まったく」

天井に頭をぶつけそうになった神谷は溜息を漏らした。

「付いて来い」

黒井は車から降りると、隣りのコンクリート剝き出しの建物の裏側に足を踏み入れる。周囲にコーンや工事用のフェンスが置かれ、立入禁止の看板もあった。

「ここはSホテル跡じゃないですか?」

伊奥が咎めるように言った。

「なんですか、Sホテルって?」

神谷は伊奥に尋ねた。

「三十年ほど前に潰れたラブホテルですよ。二階建ての一階が駐車場で二階が客室になっているそうです。廃墟《はいきょ》として有名で、勝手に中に入って肝試《きもだめ》しをする不届き者がいると聞いたことがあります」

伊奥は首を横に振った。

「ふざけたやつらが後を絶たない。困ったものだ」

黒井は吐き捨てるように言った。

「勝手に使っているのなら、おまえもその内の一人だろう」

神谷は苦笑した。

「馬鹿を言うな。今の所有者は俺だ。二束《にそく》三文で売り出されていたから隠れ家用に四年前に買った。だが、全面改装する資金はないから荒れ放題というわけだ」

黒井は肩を竦め、階段を上って行く。廃墟というだけあって、廊下には落ち葉やゴミが散らばっている。壁は卑猥《ひわい》な落書きだらけだ。

「廃墟を隠れ家にするなんて、考えましたね。ここなら、長野市内から三十キロ弱、三、四十分でこられます。地の利もいい」

伊奥が妙に感心している。

「ここに匿《かくま》うため、俺たちを囮にしたんだな？」

神谷は黒井と並んで尋ねた。

「そういうことだ。敵の目をお前たちに惹きつけ、その隙に大谷さんを脱出させた。敵はお前たちが大谷さんの家系図を探し回っていると思ったはずだ。だから執拗《しつよう》に尾行したんだろう。悪く思うな」

黒井は頭を掻きながら言った。

「まんまと踊《おど》らされたな」

神谷は言葉とは裏腹に無駄だったとは思っていない。真田忍軍の子孫の歴史だけじゃなく、強い結び付きも学ぶことができたのでいい経験だったと思っている。黒井に利用されたものの、あくまで大谷を守るための作戦だったことは分かった。任務を絶対に遂行するという黒井の意志は尊重できる。

「この部屋だけは改装してある。しかも光が漏れないようにしてあるんだ」

突き当たりの部屋の前で黒井は立ち止まると、リズムを付けてドアをノックした。合図なのだろう。

ドアが開き、中年の男性が顔を覗かせた。大谷である。

「待っていました。無事だったんですね」

大谷は黒井を見て満面の笑みを見せたが、背後の神谷と伊奥に気が付くと顔を強張《こわば》らせた。

「助《すけ》っ人《と》です。ご心配なく。神谷さんに伊奥さんです」

黒井は二人を簡単に紹介すると、部屋に入った。

三十平米ほどの部屋の壁紙は新しく、キッチンやベッドやソファーが設置してある。片隅に小部屋があるので、トイレと風呂もあるのだろう。板で塞《ふさ》がれた窓の前にはステンレスのラックがあり、食料品が大量にストックしてあった。室内はエアコンが効いており、大谷は半袖のTシャツで過ごしている。ちょっとしたビジネスホテルよりも快適そうだ。

「はじめまして、神谷隼人《はやと》です」

神谷は大谷に会釈して部屋に入ると、名刺を渡した。

「警視庁認可アドバイザー？　警視庁も動いているんですか？」

大谷は名刺を繁々と見て言った。

「動いているのは、私というか911代理店です」

神谷は笑顔で答えた。

逆転の発想

1・三月十四日AM7：30

三月十四日、午前七時三十分。長野白峰《ながのはくほう》ホテル。

神谷《かみや》と伊奥《いおく》は、七階のレストランで朝食を食べていた。

昨夜、黒井《くろい》に新潟《にいがた》との県境にある廃墟と化したホテルに連れて行かれた二人は、大谷《おおたに》に紹介された。一時間ほど大谷を交えて話をしたが、偉ぶったところがない好人物であった。

大谷はこれまで副知事という職務をまっとうすることだけに専念してきたそうだ。だが、血筋が真田《さなだ》ということで命を狙われるというのなら、離職して引退するつもりだったという。自分の命は惜しくないが、家族の身を案じてのことである。

問題は、秘書の佐久山《さくやま》に家系図のことを話してしまったことだという。彼は反自由民権党会派に所属しているため、野党の地域責任者に情報を漏らしたそうだ。そのため、野党の執行部から次の知事選に立候補を促されているらしい。

もう一つ別の問題があった。大谷の妻である結菜《ゆいな》が、野党からの要請を受けて本格的な政界進出を望んでいることである。彼女は夫の誠実さが今の長野、しいては中央政界に必要だというのだ。今は実家に避難しているが、命が脅かされるのならなおさら挑戦すべきだと主張しているらしい。そのため、大谷は、引退宣言ができず進退に頭を悩ませているという。

黒井は大谷が真田家の血筋だという証拠となる古文書を見つけ、それを公開することで犯人グループが大谷に手を出せないようにしようとしていた。だが、新たな情報が得られずに行き詰まっていたらしい。

そんな中、神谷が現れたことで黒井は作戦を立てた。長野に神谷が貝田《かいだ》と現れた直後に身元を調べ上げ、黒井は911代理店の存在を知った。そこで神谷を通じて911代理店を使い、現状打開を図ったらしい。それがうまく機能すれば、大谷に引き合わせて一緒に活動するというものだ。

神谷は騙《だま》されて使われたことに腹が立ったが、もし相手がM委員会ならそれも仕方がないと思っている。

隠れ家で打ち合わせを終えた神谷と伊奥は、黒井の運転するジムニーで長野市内まで送ってもらった。二人は人目を避けて白峰ホテルにチェックインしたのだ。

朝食はビュッフェ形式で和食と洋食が用意されており、神谷はパンとウィンナーとサラダなどの洋食メニューを選んだ。伊奥はいつものように和食メニューを選んだが、珍しく焼き魚とだし巻きも食べている。山での修行が当分ないということもあるが、ある程度は動物性タンパク質の摂取《せっしゅ》も必要という理由だそうだ。

「あっ、神谷さんだ。おはようございます」

聞き覚えのある声に神谷はぴくりと反応した。

「なっ！」

寒気を覚えて振り返った神谷は、驚きのあまりフォークを落とした。東京に帰ったはずの貝田がトレーを手に立っているのだ。

「おっはー。伊奥師匠《ししょう》。隣りに座っちゃおうっと」

貝田は満面の笑みで伊奥の隣りに座った。貝田にとって伊奥は忍術の師匠ということになっている。その場合、うずまきナルトになるために、妙に明るいキャラになるらしい。

「おまえ、昨日帰ったんじゃないのか？」

神谷は貝田を睨《にら》みつけた。

「昨日、帰りの新幹線の切符を買ってから、残りの全財産でお弁当を買ったんですよ。いざ弁当を食べようとしたら、切符を落としたことに気付いたんです。だけど、いくら探しても見つからなかったんす。仕方なく弁当を食べてからホテルに戻ったんですよ」

貝田は屈託《くったく》なく笑うと、どんぶり飯に生卵を二つ割って入れた。皿には焼き魚やウィンナーや肉団子など盛り沢山だ。

「社長は知っているのか？　そもそも一文なしで、よくチェックインできたな」

神谷は貝田の食事の量を見て苦笑しながら尋ねた。

「会社に連絡したら、ホテルを取ってくれて、神谷さんと車で帰って来るように言われちやったんです。でも、なんだか社長怒っているようでしたよ。なぜかな」

貝田は岡村《おかむら》が怒っている理由が本当に分からないのだろう。

「銀行のカードとか持っていないのか？」

神谷は新しいフォークを取ってくると、貝田に尋ねた。

「ぶっそうだから、銀行のカードはちゃんと会社の金庫に仕舞ってありますよ。持ち歩くなんてできません。落としたらどうするんですか」

貝田は気取って人差し指を左右に振った。貝田もそうだが、外山《とやま》と尾形《おがた》も前科者なので信用上の問題でクレジットカードが作れないのだ。

「確かにおまえは、人一倍物をなくすからな」

神谷は溜息を吐いた。

「人聞きの悪いことを言わないでくださいよ。ちょっとだけ物忘れしがちなことは認めますが、その程度の欠点はこの天才的な頭脳で充分補《おぎな》っていますから」

貝田は自分の頭を指先で叩《たた》くと、ソーセージを三本まとめて口に入れた。

「何が『天才的な頭脳』だ」

神谷は皮肉で返そうとしたものの頬《ほお》が引き攣《つ》った。まともに貝田と会話をしたことが間違いである。

「作戦には人手が要りますよ」

伊奥がぼそりと言った。

「……貝田。おまえにも働いてもらうぞ」

神谷は首を振り、コーヒーを啜《すす》った。

2・三月十四日AM9：05

午前九時五分。

神谷はジープ・ラングラーを運転し、国道144号を東に向かっていた。気温は零《れい》度、昨夜から雪が降っており、路面にも積もっている。

助手席には貝田が、いつものごとく眠っていた。伊奥は二百メートル後方を走る新型のジムニーのハンドルを握り、助手席には早川《はやかわ》が乗っている。ジムニーは県警の職員の車を借りて来たのだ。

早川の話では昨夜山家《やまが》神社からジープ・ラングラーを運転して上田《うえだ》市内に向かった際、尾行されたらしい。そのため、神谷の指示で上田から長野市に向かって白峰ホテルの駐車場に車を停めた。早川はホテルに入り、裏口から出て帰宅している。

ジープ・ラングラーの八十メートル後方を白いセダンが付いてくる。ホテルの駐車場から出て一分後には張り付いていたので、夜通し見張っていたのだろう。

神谷が囮《おとり》となり、伊奥は白いセダンを尾行する役目だ。

二時間後、神谷は国道145号から群馬《ぐんま》県吾妻《あがつま》郡中之条《なかのじょう》町の目貫《めぬき》通りである国道353号に入って速度を落とした。

「この交差点か？」

神谷はスマートフォンの地図を見ながら小さな交差点を左折し、坂になっている狭い路地に入った。伊奥なら地図アプリもなくここまで来られただろう。だが、囮は夜間ならともかく目視できる昼間は神谷でなければならない。

――こちら赤影《あかかげ》。ターゲットは交差点で一旦停止し、そのまま直進しました。

伊奥から無線連絡が入った。今回は無線機を用意し、連絡を取り合っている。伊奥は、数十年前に放送されていたテレビ番組の主人公の忍者の名前をコールネームとして使っていた。貝田が有名な忍者の名前を使うことを提案したのだ。神谷は抵抗したのだが、黒井や伊奥、早川が意外にも賛成したので止むを得ず使うことになった。

白いセダンが交差点を通り過ぎたのは、神谷の行き先が〝中之条町歴史と民俗の博物館『ミュゼ』〟だと分かったからだろう。路地の突き当たりが〝ミュゼ〟で、地図アプリでも大きく表示される。敷地を回り込む形で別の道に抜けることもできるが、それが目的とは尾行者は判断しなかったということだ。

――こちら猿飛《さるとび》。俺が引き継ぐ。五分後に交代してくれ。

黒井からの連絡である。彼はヤマハのオフロードバイク、セロー225に乗って伊奥の後を追う形で走っていた。これまでは幹線を走ってきたので距離を開ければ怪しまれなかったが、街中ではそうはいかない。そのため、尾行を交互にするのだ。

相手が神谷をどこかで待つようなら監視し、機会があれば白いセダンにGPS発信機を取り付けることになっている。おそらく立ち去るようなことはないだろう。

「任せた」

神谷は突き当たりにある門を抜け、趣《おもむき》のある木造建築の博物館の前で車を停めた。

正面にある木造建築は、群馬県指定重要文化財になっている小学校の校舎跡を利用した常設展示室（本館）である。常時七千点を超える資料を展示公開しており、郷土に関する重要な資料に触れることができるそうだ。

神谷は小脇に袋を抱え、眠っている貝田を残して車を降りた。常設展示室の右側に、コンクリート製の博物館の正面玄関がある。神谷は自動ドアの玄関から入り、右手にある受付窓口の前に入場券を買うために立った。

ここにきた理由は尾行の囮になることもあるが、黒井に依頼されたからである。事前に黒井を通じて博物館には連絡が入れてあった。

「いらっしゃいませ。神谷さんですか？」

受付窓口横のドアが開き、スーツ姿の中年の男性が顔を覗《のぞ》かせた。ドアの隙間からデスクがいくつも並んでいるのが見える。職員用の部屋らしい。

「神谷隼人《はやと》です」

神谷は頭を下げながら名刺を渡した。

「ご丁寧に、館長の山口《やまぐち》です。どうぞ。スリッパを使ってお上がりください」

笑顔で受け取った山口は自分の名刺を神谷に渡し、職員用の部屋に招き入れた。館長という肩書きがあるが、気さくな人物らしい。

「黒井から預かった物をお持ちしました」

神谷は小脇に抱えていた袋を渡した。中身は大谷家の家系図と、とある神社が所蔵する寄進帳の写しである。黒井は迷惑が掛かるからと、寄進帳の出どころを明かさない。この二つの史料の鑑定と博物館に所蔵されている古文書との照合を依頼していたのだ。

「伺っております。それでは、拝見します」

山口は白手袋を嵌《は》めると、大きな打ち合わせ用テーブルの上で巻物になっている家系図を慎重に拡げた。

「大谷信定《のぶさだ》という人物が神社に寄進したのは宝永《ほうえい》四年十一月二十三日と、寄進帳に記されています。西暦では一七〇七年の十二月十六日となりますが、『宝永大噴火』つまり富士山が噴火した日ですね。それから、家系図のここを見てください。大谷信定の次男である定春《さだはる》の覚書に『富士山噴火、麻疹《ましん》、享年一』と記されています。大谷信定が神社に寄進したのは、生まれて間も無く麻疹で亡くなった次男のためじゃないですかね」

山口は自らの言葉に何度も頷いている。

「大谷信定は実在の人物ということですね。それじゃ、大谷さんが真田信繁《のぶしげ》の子孫ということは、寄進帳だけで証明できるんじゃないですか」

神谷は両眼を見開いた。

「それはどうですかね。家系図の解読というのは意外と難しいのです。それに後世に作られるので、偽造という線も捨てきれませんから」

山口は渋い表情になった。

「それでは、この家系図が本物だという証拠は、どうやったら得られるんですか？」

神谷は首を左右に振って尋ねた。

「一つは、この巻物に使われている紙の年代測定をすることです。誤差が五十年から百年程度ありますが、家系図が江戸時代の物であれば、信憑《しんぴょう》性が高いでしょう。もう一つは、富士山が爆発した宝永四年の古文書を片っ端から調べ、第三の証拠を見つけることですね。当博物館には吾妻の旧家から寄贈された古文書があります。中には大谷さんの先祖のことが分かる物もあるかもしれません。黒井さんからの依頼は漠然としていましたが、これで絞り込みができますよ。年代測定は知り合いの大学教授に頼んでみます」

山口は笑みを浮かべて大きく頷いた。

「よろしくお願いします」

神谷は姿勢を正して頭を下げた。

3・三月十四日PM0：35

一時間後、神谷は〝ミュゼ〟を出た。

黒井から託された二つの史料を渡すことで用は済んだのだが、囮としてある程度時間を使う必要があった。そのため、山口の案内で常設展を見て回ったのだ。

常設展は古代エリアから近世エリアまで、時代ごとに分かれており、中世エリアでは戦国時代の真田氏による活躍を示す古文書や武具などが展示されていた。どの展示物も充実しており、これまで歴史にあまり興味がなかった神谷でさえ見応えがあるものだった。その間、追跡者の監視をしている黒井と伊奥から報告を受けている。

尾行者は近くのカフェの駐車場で待機しているそうだ。また、尾行者の一人が車から降りて、博物館の駐車場に潜入し、ジープ・ラングラーに何かを取り付けたらしい。おそらく追跡装置だろう。

また、逆に黒井は彼らの隙を突いて白いセダンの車体の下にGPS発信機を取り付けたそうだ。

「お帰りなさい。車はこのナルトが守っていましたぜ」

神谷が車に乗り込むと、助手席の貝田が偉そうに言った。

「さすがだな」

適当に返事をした神谷は、スマートフォンで車の下を撮影した画像を確認した。マフラーの近くに三センチ四方の小型装置が取り付けてある。間違いなくGPS発信機だろう。

「それじゃ、昼飯にしますか。いい店を見つけましたよ。この地域のラーメン投票第一位の店」

何も知らない貝田は、嬉《うれ》しそうに言った。居眠りしていたのだろう。

「昼飯か。忘れていた。蕎麦《そば》屋じゃなくてもいいのか？」

神谷が腕時計を見ると、午後十二時四十分になっている。

「何言っているんですか、ナルトと言えばラーメンでしょう」

貝田はスマートフォンの画像を見せた。吾妻のラーメン店の写真だ。うずまきナルトは無類のラーメン好きで、海外のラーメンブームの火付け役となったと聞いたことがある。貝田はラーメン好きだが、ダイエットのために控えていると聞いたことがあった。そもそも食事を気にしているとは思えないが。

「今度はラーメンか。俺は構わんが。……ここから六キロ近く離れているぞ」

神谷は貝田が指定したラーメン店の情報を見て苦笑した。

「うまいラーメンを求める。そこに時間や空間の観念はない。これぞラーメン道だ。六キロがなんだってばよ。車ならたったの五分だぞ。この店はスープがなくなり次第《しだい》、終了するってば。急いで行くぞ」

貝田が妙に偉そうな口調で言うと、いきなり〝にわとり体操〟を始めた。

「まったく。……待てよ」

神谷は、スマートフォンの地図を見て小さく頷いた。ラーメン店は国道３５３号沿いだが、近くに民家がない山の中にある。

「こちら〝カカシ〟。作戦行動に出る。猿飛、俺をピックアップしてくれ」

神谷は黒井を呼び出した。神谷はコールネームに使う忍者の名前が思い浮かばなかったので、貝田から〝カカシ〟という名を使うように言われたのだ。『ＮＡＲＵＴＯ』に出てくる上級忍者だそうだ。

――こちら猿飛。了解。

黒井はすぐさま連絡を寄越した。バイクは機動性があるため、余分のヘルメットを用意してある。

――こちら半蔵《はんぞう》。我々は待機ですか？

早川が割り込んできた。

「ナルトがラーメン屋に入ります。一緒に行って、昼飯を食べてください。ナルトは囮ですが、半蔵・赤影組はラーメン店でターゲットの動きを教えてください」

神谷は答えると、笑った。作戦と言ってもたいしたことはないのだ。

――……了解です。

早川は渋々認めたらしい。

「貝田。悪いが俺たちが出て五分後にラーメン店に行ってくれ」

神谷は貝田の肩を叩くと車を降りた。

「任せとけ！」

貝田は威勢よく返事をすると、助手席を降りて運転席に乗り込んだ。

セロー２２５が博物館の駐車場に現れた。

黒井が神谷にヘルメットを投げ渡した。

「これから国道３５３号沿い、約六キロ北西にあるラーメン店に、貝田が行く。店の駐車場に尾行者は車を停めずに通り過ぎるだろう。その先にガソリンスタンドがあるから、多分そこで待機するに違いない」

神谷はヘルメットを被りながら説明すると、タンデムシートに跨《また》がった。神谷は体格がいいので少々きつい。

「先回りするんだな。落ちるなよ」

黒井はアクセルを開き、正門を抜けて右折して博物館の敷地に沿って路地を猛スピードで走る。走りっぷりはまるで公道レースさながらで、カーブでもスピードを落とさない。国道353号の一本北の道に出ると、そのまま西に進む。二・五キロほど先で国道353号に入った。右手は山、左手は谷で四万川《しまがわ》が流れている。

しばらくだらだらと長い坂を下り、トンネルを抜けると右手にラーメン屋があった。貝田の言っていた店だ。ラーメン屋というより、蕎麦屋のような外観をしている。

黒井は速度を落とすことなく、ラーメン屋を通り過ぎた。百四十メートル先のガソリンスタンド脇の小道に入ると、隣りの建物の陰で止まった。

「おまえ、俺を後ろに乗せていることを忘れていただろう」

神谷はバイクを降りると、両手を振った。シート下のダンデムグリップを握っていたのだが、手荒い運転に振り落とされまいと力を込めていたので両手が痺《しび》れてしまったのだ。

「忘れていた」

黒井は鼻先で笑った。

「減らず口は一丁前だな」

神谷は荒い鼻息を漏らすと建物の角に立ち、ガソリンスタンドを見た。

——こちら赤影。ナルト、ラーメン店に到着。後方にターゲット。今、目の前を通り過ぎ、そちらに向かいました。

伊奥からの連絡である。貝田よりも先にラーメン店に着いていたようだ。白のセダンはやはり尾行してきたらしい。

数十秒後、白のセダンが視界に入り、ガソリンスタンドに入って来た。

神谷は、スマートフォンのレンズに望遠レンズのアタッチメントを付けて構えた。張り込みというのなら一眼のデジタルカメラを用意するが、荷物になる。スマートフォン用の望遠レンズなら嵩張《かさば》らず、いつも携帯できるので手軽なのだ。

白のセダンから三人の男が出て来た。神谷は彼らがガソリンを補給するついでに、トイレ休憩《きゅうけい》するとみていた。尾行や張り込み中はトイレに行く機会もないからだ。

「思った通りだ」

神谷はにやりとし、三人の顔をスマートフォンで撮影した。

4・三月十四日PM2：30

午後二時三十分。911代理店。

沙羅《さら》は自室の玲奈《れいな》のデスクの椅子に座っていた。彼女は会社の事務と会計を担当しており、普段は部屋の片隅にある自分のデスクのノートパソコンを使っている。

　四十平米ある部屋は中央で天井近くまであるパーティションで仕切られ、右半分をプライベートエリア、左半分を作業エリアとしていた。プライベートエリアにはトイレやシャワールーム、それにベッドやソファーなどが置かれている。

　作業エリアの中央に六台のモニターが並んでいる玲奈のデスクがあり、三〇三号室のスーパーコンピュータと接続されているパソコンが設置されている。以前は数台のタワー型パソコンなどが収められたスチールラックが部屋を占拠していたが、今は撤去されて室内はすっきりとしていた。

「〝ハヤト〟。神谷さんから、届いた写真だけど。これを顔認証にかけるにはどうしたらいいの？」

　沙羅はパソコンに向かって優しく話しかけた。

　――顔認証プログラム〝サーチ・フェイス〟を立ち上げ、画像データを入力してください。スタートボタンをクリックすれば、あとはプログラムが作動し、解析をはじめます。

　パソコンのスピーカーから、神谷に似ている男性の声がした。これは、玲奈が開発したAIプログラム〝ハヤト〟の声だ。神谷の声をサンプリングして利用している。会社のセキュリティに特化しているが、簡単な受け答えも可能だ。AIだけに学習機能があるため、アクセスするたびに反応は良くなっている。

　これまで神谷の捜査活動のサポートは、玲奈が一人で行なっていた。だが、活動時間が夜中に限られているので、玲奈は沙羅にも〝ハヤト〟へのアクセス権を与え、その上でプログラムの自動化もして沙羅でも扱えるようにしたのだ。

「ありがとう。やってみるね」

沙羅は玲奈のパソコン上で〝サーチ・フェイス〟を立ち上げた。

「サーバーにアップした神谷さんからの画像データを取り込み、スタートボタンをクリックすればいいのね」

沙羅は呟きながらパソコンを操作した。画面に三人の顔写真が表示され、顔面に無数のポイントや数値が表示される。様々な顔データと照合されるのだが、玲奈は、警視庁をはじめとした政府機関だけでなく、様々な企業が持つ個人情報を自動的にハッキングして利用しているのだ。

「時間が掛かるのかしら」

沙羅は立ち上がってプライベートエリアの冷蔵庫を開けた。野菜ジュースのパックを取り出し、コップにジュースを注いだ。

「えっ」

沙羅はコップを手に慌てて席に戻った。三人のうちの二人の顔認証が終わり、それを知らせるアラームが鳴っていたのだ。続いて三人目の顔認証も終了し、アラームが鳴った。

「早い！　さすが玲奈のプログラム」

手を叩いた沙羅は三人の身元を示す情報を抜き出してクラウドサーバーにアップロード

し、メールで神谷にも送った。

「電話しなきゃ」

沙羅はデスクに載せておいたスマートフォンを手にした。

午後二時三十八分。神谷が運転するジープ・ラングラーは国道１４４号を走っている。

〝ミュゼ〟での仕事は終わっているため、長野に戻る途中である。

白いセダンは相変わらず尾行していた。

「ふん」

神谷はバックミラーで尾行を確認して鼻先で笑った。神谷らの動きをなんとしても摑もうとしているのかもしれないが、その執拗《しつよう》な尾行には呆《あき》れを通り越して感心すらする。

電子音が響き、カーナビに沙羅からの電話だと表示される。

神谷はカーナビの画面の通話ボタンにタッチした。

――沙羅です。例の三人組の身元が判明しました。会社のクラウドサーバーにアップしました。神谷さんのスマホにもメールで送っておきましたので、ご覧ください。

「おお！　ありがとう」

神谷は両眼を見開いた。数日前に、玲奈から神谷のサポートを沙羅もできるようにするとは聞いている。だが、それは、まだ先の話だと思っていた。ガソリンスタンドで撮影した男たちの写真の解析は、玲奈が起きる午後七時以降だと考えていたのだ。

——それじゃ、神谷さん、気を付けてね。

沙羅の声が妙に心に響く。

「ありがとう」

神谷はカーナビの通話ボタンを切った。

「いいなあ。沙羅ちゃんと仲良くできて」

助手席の貝田が、恨《うら》めしそうに見ている。貝田だけではないが、同僚たちは別人格である玲奈を恐れて沙羅と距離を置いているのだ。

「寝ていたんじゃないのか？」

横目で貝田を見た神谷は苦笑した。

「何を言っているんですか。僕は助手席で眠るようなうつけ者ではありません。車に乗るときは睡魔の術を自分にかけて修行しているんですよ」

貝田は両手を合わせて忍術の印を結んでみせた。それが、正しい印かどうかは神谷には分からないが、意外と様になっている。

「修行の邪魔をして悪いが、会社のクラウドサーバーに新しい情報がアップされたらしい。俺は運転中だから見られない。おまえがダウンロードし、口頭で教えてくれ」

神谷は優しく言った。下手に怒れば貝田は臍《へそ》を曲げるだけだからだ。頭はいいが性格は小学生である。

「任せろっていうの」

貝田は威勢よく返事をした。ナルトモードに入ったらしい。

「へえー」

自分のスマートフォンを出した貝田は、しきりに頷いている。データをダウンロードしたようだ。

「読み上げてくれ。ナルト」

神谷は溜息を殺して促した。

「鍵谷隆平《かぎたにりゆうへい》、横川元康《よこかわもとやす》、猪上豊喜《いのうえとよき》。三人とも東京に本社がある木原信也《きはらしんや》探偵事務所の探偵だってよ。詳細は後で、自分で見てくれってばよ」

貝田はアニメの口真似で言うと、欠伸《あくび》をした。

「同業者か。東京本社を洗う必要があるな」

神谷は眉間に皺を寄せた。

5・三月十四日PM7：30

午後七時三十分。

岡村は青梅《おうめ》街道の中野《なかの》坂上《さかうえ》にある、とある路地に入った。

気温は十三度、北風に思わずツイードのジャケットの襟《えり》を立てた。

商店街だった住宅街をしばらく歩き、〝居酒屋・天城峠《あまぎとうげ》〟という赤提灯《あかちょうちん》の店の暖簾《のれん》を潜った。

「いらっしゃい！　珍しい」

禿頭《はげあたま》に捻《ねじ》り鉢巻《はちま》きをした店主多田野拓蔵《ただのたくぞう》が、厨房から声を掛けて来た。

「ご無沙汰です。コロナのせいで出不精《でぶしょう》になってね」

岡村は苦笑を浮かべた。

「岡村さん。お久しぶりです。てっきり神谷さんかと思っていました。お座敷にどうぞ」

拓蔵の孫である瑠美《るみ》が笑顔で迎えてくれた。大学生になったと聞いていたが、祖父思いの娘だけにアルバイトをして助けているのだろう。

「ありがとう」

岡村はカウンター席を通り越し、通路の暖簾を潜って小上がりの座敷に上がった。

「ご無沙汰《ぶさた》しております」

手前に座っていた男が、畳に両手を突いて頭を下げた。

木龍景樹《きりゅうかげき》、広域暴力団心龍会《しんりゅうかい》の若頭で、新宿界隈《しんじゅくかいわい》では顔役である。そのため、彼は極秘に打ち合わせをする際に、この店を使う。木龍は子供の頃、この近くに住んでおり、拓蔵にさんざん世話になったらしく、少しでも店の売上に貢献《こうけん》するということもあるようだ。

木龍は若い頃から世話になっている岡村の情報屋として働いており、暴力団の幹部となった今もそれは変わらない。だが、それを知るのは彼の一部の部下だけである。木龍は心龍会では営業部長とも呼ばれ、施工会社や興信所の経営に携《たずさ》わっている。他の暴力団から武闘派として畏怖《いふ》される一方で、経済に精通するインテリなのだ。

「すまないね。わざわざ」

岡村は軽く右手を上げて挨拶《あいさつ》すると、木龍の向かいに座った。

「適当に注文しておきました。お飲み物は、熱燗《あつかん》でしたね」

木龍は渋い声で言った。

「生ビールという陽気でもないからね」

岡村は胡座《あぐら》をかいて頷いた。

「瑠美ちゃん。お願いします」

木龍は手を叩いて瑠美を呼んだ。

「はーい」

瑠美は徳利とぐい呑みを載せたお盆を手に現れた。すでに用意していたらしい。

「おつまみもすぐお出ししますね」

瑠美はテーブルに徳利とぐい呑み、それに里芋の煮物の小鉢を並べた。

「ありがとう」

木龍は渋い表情のまま律儀《りちぎ》に頭を下げた。

「何か、私でお役に立てますか？」

木龍は徳利で岡村のぐい呑みに酒を注ぐ。

「神谷と貝田に、爆弾テロ事件の件で長野県警に協力させている。だが、捜査を妨害する連中が出てきた」

岡村は低い声で言った。

「お待たせしました。刺身の盛り合わせに焼き魚、それにオムライス」

瑠美は料理をてきぱきと運んでくる。

「テロの標的は副知事なんでしょう。とすれば、テロリストの仲間なんですかね?」

木龍は瑠美の給仕が終わるのを待って尋ねた。

「そうかもしれないが、はっきりしない。ただ、正体は分かった」

岡村はにやりとし、ぐい呑みの酒を啜った。

「神谷さんが、ご活躍されたんですね」

木龍は小さく頷くと、顔を強張らせた。笑ったのだが、それが笑みと分かるのは親しい一部の人間だけだ。心龍会の身内の者でも、木龍の笑みを見て震え上がるという。

「そういうことだ。神谷の話では、長野で活動しているのは六人前後おり、その内の三人を撮影して身元を割り出した。三人とも木原信也探偵事務所の者だったのだ」

岡村は息を吐き出しながら言った。神谷は三人だけで二十四時間尾行するのは無理なので、その倍から三倍の人数が関わっていると見ている。

「木原信也探偵事務所?　名前だけ聞いたことがあります。うちみたいな零細《れいさい》事務所だと思いますが、調べてみます。それが、ご依頼の件ですか?」

木龍は酒には手をつけずにオムライスを自分の前に引き寄せた。この店に来ると必ずオムライスを食べることにしている。木龍が子供の頃、腹を空かしていると拓蔵が必ず作ってくれたという裏メニューである。業界でも知られた強面《こわもて》だが、意外と心優しき男なのだ。

「神谷は、今回の事件にM委員会が関わっていないか危惧《きぐ》している。迂闊《うかつ》に木原信也探偵事務所を探れば、蛇《へび》が出てくるかもしれない」

岡村は声を潜めた。M委員会を知る者は、警察機関でもごく一部の人間に限られる。裏組織だけに手を出せば、痛い目に遭うのは目に見えているのだ。

「藪を突《つつ》くのは慣れています。もっとも、私は突きませんが」

木龍は不敵な笑いを浮かべ、ぐい呑みの酒を口にした。

6・三月十四日PM11：05

午後十一時五分。長野白峰ホテル。

神谷はホテルの駐車場の反対側の出入口から、外に出た。駐車場のジープ・ラングラーが見える道路から白いセダンが監視している。また、少し離れた場所に黒のワンボックスカーも停めてあった。

神谷らが車で出かける際には二台の車は交互に尾行してくるらしい。そうかといって、隠密に尾行しているとは思えないので、監視活動をあえて悟らせることで神谷らにプレッシャーを与えている可能性もある。

「いいぞ」

周囲を見回した神谷は、出入口に立っている貝田に手招きした。

「今、行くってばよ」

貝田は両手を前につま先で歩いてきた。

「普通に歩けないのか？」

神谷は右眉を吊り上げた。

「知らないのですか？　これは忍足っていうんですよ」

貝田は腕を組んで鼻先で笑った。

「なるほど。いや、そんなことはどうでもいい。行くぞ」

妙に感心してしまった神谷は、頭を振った。貝田の世界に引き込まれたら、まともな思考もできなくなる。二人は、裏通りに待たせておいたタクシーに乗り込む。

二台の監視の車を避け、神谷らは長野駅に向かっている。駅前のバス停に向かっているのだ。

神谷らは駅の東口にあるバス停の手前で降りた。二十三時三十分発の東京行きの高速バスがすでに停車している。

タクシーを尾行してきた白いセダンが、三十メートル後方で停まった。ホテルの裏口も見張られており、神谷らがタクシーに乗ったことを知らせたのだろう。

「まずいですよ。敵に尾《つ》けられていますよ」

白いセダンに気が付いた貝田が、神谷の肩を叩いて騒いだ。

「気にするな」

神谷は表情を変えることもなく高速バスに乗り込む。

——こちら半蔵。黒のワンボックスもいなくなりました。

早川からの無線連絡である。部下と手分けして白いセダンと黒いワンボックスカーを見張っていたのだ。神谷らが東京行きの高速バスに乗るのを確認し、ホテルの見張りは不要と判断したに違いない。

五分後、高速バスは定刻通り出発した。

白いセダンは高速バスと共に動き出したが、駅前の通りを右折して走り去った。

「やっぱりな」

白いセダンを見送った神谷はにやりとした。東京行きのバスに乗ったことで、尾行する必要はないと判断したのだろう。

十五分後、神谷と貝田は最初のバス停である長野小島田《おしまだ》バス停で降りた。

「大丈夫そうだな」

神谷は周囲を見て頷いた。

十分後、バス停前にジープ・ラングラーと覆面《ふくめん》パトカーが停まった。尾行を確認していたので時間が掛かったのだろう。

「作戦通りですね」

ラングラーを運転していた早川が笑顔で降りてきた。長野小島田バス停で待ち合わせをしていたのだ。

「ここまでしてやつらをまく必要はなかったんだがな。やつらの無能ぶりを悟らせた方がいいと思ってね」

神谷は苦笑した。明日の午前五時に高速バスは、バスタ新宿に到着する。木原信也探偵事務所の社員が、バス停で見張っていることだろう。神谷らが乗っていないことを知って驚愕《きょうがく》する様子が目に浮かぶ。

「今度は観光で来てください。また、真田の郷《さと》めぐりをしましょう」

早川は頭を下げると、覆面パトカーの後部座席に乗り込んだ。

「ぜひ呼んでください」

貝田が両手を振って覆面パトカーを見送った。

「ありがとう」

神谷は軽く右手を上げて笑った。

謎の探偵事務所

1・三月十五日AM7：30

三月十五日、午前七時三十分。911代理店。

神谷《かみや》は、三〇二号室の食堂兼娯楽室で朝食の準備をしていた。

「飲み物は日本茶でよろしいですか？」

沙羅《さら》が食卓テーブルにお茶が入った湯呑みを載せた。

「ありがとう」

椅子に座っている大谷《おおたに》が頭を下げた。

「かたじけない」

対面の黒井《くろい》が緊張した面持ちで礼を言った。

二人は昨夜の内に長野《ながの》の隠れ家から911代理店に移っている。二階の空き部屋である二〇一号室を黒井、二〇二号室を大谷に使ってもらうことにしたのだ。

黒井は絶対見つからないという自信があったのだが、廃墟を改修した建物のセキュリティ面で不安を覚えていた。それを察した神谷は、会社への移動を勧めたのだ。たとえ大谷の所在が分かっても手を出せないほど、会社のセキュリティは完璧である。また、黒井は依然県警から重要参考人として捜査の対象とされていることもあった。

神谷はこれ以上長野にいてもメリットはないと説得し、黒井は渋々移動を認めたのだ。神谷が囮《おとり》となって長野市内に敵を引きつけている間に、黒井はジムニーに大谷を乗せて深夜に脱出した。

これまで協力してくれた伊奥《いおく》には、礼を言って別れている。さすがに東京にまで足を延ばすとなると、畑違いということもあったからだ。

「至れり尽くせりで、恐縮です。いつもこんなにご馳走《ちそう》なんですか？」

大谷は沙羅を見ないように視線を外して尋ねた。沙羅はアイドル級に可愛いので、誰しも目を奪われる。だが、直視してはいけないと、二人には注意してあった。とはいえ沙羅は外出の機会が増えたので、以前よりも他人の目を気にしなくなっている。それだけ、他人への耐性ができてきたのだろう。

「社長は料理が得意なんです」

沙羅が口元を手で押さえて品良く笑った。わざとではないが、彼女の仕草はその魅力を引き立てるのだ。

「会社が宿舎になっていて賄《まかな》い付きというのは、羨《うらや》ましいな」

黒井が皿に載っている大ぶりの鮭《さけ》を見て唸《うな》った。鮭の塩焼きと御浸《おひた》し、なめこの味噌汁《みそしる》、豆腐の和風あんかけソース掛け、それにご飯と漬物である。また、生卵と納豆と海苔《のり》はオプションで付けることができた。

「二人は食べないのか？」

黒井は神谷と沙羅を交互に見て尋ねた。

「我々はトレーニングした後で、七時に食事をするんだ」

神谷は笑みを浮かべて答えたが、多人数で食事をすることに慣れていないのでいつもより早めに済ませてある。

「それじゃ、遠慮なく、いただきます」

大谷は手を合わせ、黒井は黙礼して食事を始めた。

「食事をしながら聞いてください」

神谷は食卓テーブルから少し離れたところに立って言った。二人には避難を勧めたが、この先のプランについてはまだ何も話してはいない。

「俺も気になっていた」

黒井は味噌汁を啜《すす》りながら頷《うなず》いた。

「大谷さんは、このまま部屋でおくつろぎください。必要なものは仰《おつしや》っていただければ、こちらで揃《そろ》えます。黒井は俺たちに協力してもらう」

神谷は大谷を見ながら言った。

「当然だ。爆弾テロ事件の真犯人を見つけ出し、大谷さんの命を狙っているやつらの正体を暴き出すのは俺の使命だと認識している」

黒井は神谷を鋭い視線で見た。

「東京は当社のテリトリーだ。協力者も大勢いる。だからと言って数に物を言わせるつもりはない。うちの社長は、警視庁捜査一課の元刑事だ。彼に陣頭指揮を執《と》ってもらうつもりだ」

神谷は黒井の視線を軽くいなした。

2・三月十五日PM4：00

黒縁《くろぶち》の眼鏡《めがね》を掛けたスーツ姿の尾形《おがた》は、渋谷《しぶや》駅近くの明治《めいじ》通りでタクシーを降りた。通りを渡った尾形は渋谷駅と反対側に数十メートル歩き、一階が洒落《しゃれ》た雑貨店になっている十階建ての〝渋谷駅南ビル〟に入った。

「七階か」

尾形はエレベーターの横に貼り付けてあるテナントの看板をちらりと見て、七階のボタンを押した。七階は木原信也《きはらしんや》探偵事務所と記されている。

七階でエレベーターを降りた尾形は、正面にある社名が記されたドアの前に立つ。ドアの上に設置された監視カメラに尾形は顔を向けた。

――いらっしゃいませ。木原信也探偵事務所です。お客さまのお名前をお聞かせくださ い。ご予約がない方は、改めてお電話をお願いします。

機械的な音声が監視カメラの下に設置してあるスピーカーから流れた。センサーによる自動音声なのだろう。

「午後四時に予約を入れた藤崎伸治《ふじさきしんじ》と申します」

尾形は偽名を名乗った。尾形は東大を卒業後にハーバード・メディカルスクールで心理学に行動科学も取り入れた論文を発表し、博士号を取得した高学歴の持ち主である。だが、帰国後に犯罪心理学の分野で詐欺《さぎ》を研究するうちに、いつのまにか大規模な詐欺事件に関与してしまい、二度も収監された前科者だ。

詐欺を研究する中で尾形は、幾多のシミュレーションを行なっている。その際、いくつか偽名を使ったのだが、自分の年齢に合わせた戸籍まで完璧に作っていた。藤崎伸治は、その一つなのだ。

「藤崎伸治様、ご予約を確認しました。お入りください」

スーツを着た女性が、ドアを開けて事務的に言った。左手に受付カウンターがあり、女性はそこから出てきたようだ。廊下が真っ直ぐ続いており、左右にドアがあった。

尾形は調査を依頼するため、藤崎の名前で予約を入れてある。探偵事務所だけに、電話口で告げた名前と住所から身元を確認したはずだ。だが、戸籍まで作り込んであるので、偽名だとバレることはない。

「よろしくお願いします」

尾形も頭を下げると、女性に従って廊下を進む。

「こちらの部屋で、お待ちください。すぐに担当者が参ります」

女性は〝5〟と記載されたドアを開けた。四畳半ほどのスペースにテーブルと椅子が用意されている。部屋の奥には油絵が掛けられ、椅子も革張りなのでそれなりに高級感があった。だが、狭いせいかなんとなく尋問室のような雰囲気でもある。

「すみません。打ち合わせの前にトイレに行かせてください。なんだか緊張しちゃって」

部屋を覗いた尾形は、人懐《ひとなつ》っこい顔で苦笑した。人の好《よ》さそうな顔をするのが得意である。尾形は詐欺テクニックの研究を生かして会社では〝クレーマーのご相談課〟を担当していた。大手デパートをはじめ、様々なサービス業でクレーマー対応の講師を務めている。

「大丈夫ですよ。我が社の社員は真面目で優しいですから。トイレは、突き当たりの左にあります」

女性は笑顔を残して、受付に戻って行った。

尾形は廊下を進み、突き当たりの壁にある「Ｔｏｉｌｅｔ↑」と記された小さな札を無視して右に進んだ。

いきなり〝ＳＴＡＦＦ ＯＮＬＹ〟と書かれた右手ドアが開いた。

「こちらの通路は、従業員専用です」

ダークスーツの男が、険しい表情で出てくると尾形の前に立ち塞がった。廊下の監視カメラの映像を見て尾形に気が付いたのだろう。

「トイレは突き当たりを右と聞いてきたんですが」

尾形は頭を掻いて笑った。

「左の間違いですよ」

男性は笑顔を浮かべて反対側を示した。

「はい。分かりました」

ぺこりと頭を下げた尾形は、踵《きびす》を返してトイレに入った。背中に男性の射るような視線を感じる。

トイレから〝5〟の部屋に戻ると、ダークスーツの男が絵画の前に立っていた。

「いらっしゃいませ。探偵の内田《うちだ》健太《けんた》と言います。どうぞ、お座りください」

内田は名刺を尾形に渡した。名刺にはチーフと記載されている。

「藤崎伸治と申します。小さな施工会社を経営しております」

尾形も内田と名刺を交換した。

「存じ上げております。リフォームを中心に手広くされていると伺っております」

内田は書類ケースから出した資料を見ながら言った。藤崎リフォームという中堅の会社は実際にあり、社長の藤崎伸治も実在する。というか、尾形が十年ほど前に藤崎の名前で立ち上げた会社だからだ。創業資金を提供し、社長としての名前を残して信頼できる人物に会社を任せてある。

「さすが優秀な探偵事務所ですね」

「ありがとうございます。どのようなご依頼なのでしょうか？」

両手を机の上で組んでいる内田は尋ねた。

「実は最近、得意先を新宿に本社を置く〝太平施工《たいへい》〟に取られるケースが増えています。このままでは、我が社は立ち行かなくなるでしょう。〝太平施工〟を調べ上げ、その弱点を知りたいのです」

尾形は悲愴《ひそう》な顔で言った。

「了解しました。私は四人の探偵のチーフをしております。ご依頼の件は、さっそくうちのチームで対処いたします。ご安心ください。まずは契約書にサインを頂けますか」

内田はにこやかな表情で答えると、書類ケースから出した契約書を尾形の向きに変えてボールペンとともに差し出した。

「それでは、よろしくお願いします」

尾形は契約書を見ながらボールペンを手に取った。

3・三月十五日PM4:40

午後四時四十分。

尾形は〝渋谷駅南ビル〟を出ると、明治通りを渋谷駅に向かって歩き、歩道橋手前のC2出入口で地下道に入る。百メートルほど先のC3出入口で地上に出ると、仮設の歩道を歩いて渋谷駅東口のタクシー乗り場に立った。

「尾行はないよ」

すぐ後ろ並んだサングラスの男から囁《ささや》かれた。外山《とやま》である。

「まだ安心はできないから、別々に戻ろう。確認は？」

尾形は振り返ることもなく答えた。尾形は木原信也探偵事務所を調査するために顧客の振りをして接触したのだ。外山は一流の強盗であり、超が付く天才的スリの名人でもあった。犯罪者の立場から考えられるという強みを生かし、〝セキュリティのご相談課〟の責任者として大手防犯会社から相談を受けるほどである。

神谷と貝田は木原信也探偵事務所に顔を知られている可能性があるので、尾形らに任せてあるのだ。

「設計図からの変更はない。警備は二流だね」

外山はスマートフォンを出して、画面を見ながら小声で答えた。

〝渋谷駅南ビル〟の設計図は、玲奈《れいな》が建設会社のサーバーをハッキングして手に入れてある。外山は実際に〝渋谷駅南ビル〟に潜入して、建設後の変更や警備会社も調べてビルのセキュリティを調べたのだ。

尾形は黒縁眼鏡とスーツに仕込まれている360度カメラで、木原信也探偵事務所の内部を撮影した。もっとも、それは副次的な要素で、契約することが主たる目的だった。

「お先に」

尾形はタクシーに乗り込んだ。

4・三月十五日ＰＭ７：２９

午後七時二十九分。９１１代理店。

食堂兼娯楽室の出入口側の壁には五十インチのテレビが掛けられており、その前には神谷、貝田、外山、尾形の四人が椅子を並べて座っていた。また、岡村と黒井が並んでキッチンのカウンターの前で立っている。

「時間になる。みんな安全眼鏡を掛けてくれ」

岡村は黒縁の眼鏡を黒井に渡し、自らも掛けた。玲奈も交えた打ち合わせは、午後七時三十分からとなっている。玲奈はいつも食堂兼娯楽室のテレビを使って参加するのだ。

「はい」

貝田と外山と尾形も眼鏡をした。いつもの玲奈対策で、彼女は視線が合うと凶暴になるからだ。以前ほどではないが、神谷以外は眼鏡を掛けなければならない。沙羅は随分と改善されたが、長時間の打ち合わせには耐《た》えられないので、今でも伊達眼鏡が必要な時があるのだ。

「これで、なんとかなるんですか？」

黒井は戸惑いながらも眼鏡を掛けた。

「十秒前！」

腕時計を見ていた貝田が叫んで、隣りの神谷の腕にしがみついた。貝田は玲奈から何度も殴られているので恐れているのだ。

食堂兼娯楽室のドアがいきなり開いた。

「えっ！」

貝田が驚きのあまり椅子から転げ落ちた。玲奈が入ってきたのだ。

「こんばんは」

玲奈は表情もなく黒井に会釈《えしやく》すると、カウンターを通り越して厨房に入った。厨房の中ならみんなと距離が取れるからだろう。

貝田は床に尻餅《しりもち》をついたまま固まっている。というか、神谷以外は唖然《あぜん》としていた。

「珍しいね」

神谷が場の雰囲気を和《やわ》らげようと声を掛けた。

「たまには部屋から出ないとね」

玲奈は鼻先で笑った。

「席を戻そうか？」

岡村が気を遣って玲奈をちらりと見た。玲奈が現れたのでテレビを囲む必要はない。

「そのままにして」

玲奈が言うのと同時にテレビの電源が入った。ちょうど七時三十分になったらしい。

——会議を始めるわよ。

テレビに映った玲奈が言った。だが、髪の色が金髪である。

「ビデオを作製してきたのか。面白い」

岡村は腕組みをして頷いた。

――私は、アスカ。録画じゃないよ。

テレビの玲奈が人差し指を横に振ってみせた。

「なに。どういうことだ」

岡村が仰け反って驚いた。

「彼女はAIのアスカ。私はスーパーコンピュータの能力を生かすべく、セキュリティを重視したAIのハヤトを作製したけど、それではどうしても面白みがないと思った。それで、第三の私であるアスカを作製し、この二ヶ月間休むことなく学習させ、私も教育してきたの。いずれ、ハヤトはセキュリティ専門にし、通常業務はアスカにさせるつもり」

玲奈は淡々と説明した。第一と第二は沙羅と玲奈ということだろう。

「あっ。分かった。エヴァンゲリオンのアスカ・ラングレーだ！」

貝田は立ち上がって手を叩いた。

外山と尾形が小声で「馬鹿」と舌打ちをしている。

「黙れ、貝田。ぶん殴るぞ！」

玲奈が鬼の形相《ぎょうそう》になった。彼女はエヴァンゲリオンのファンである。貝田の指摘は図星だったらしいが、言われて腹が立ったようだ。

「すっ、すみません！」

貝田は慌てて椅子に座った。玲奈の近くに立っていた黒井も驚いて硬直している。

「先を続けてくれるかい?」

神谷は玲奈に笑顔で優しく促した。

「アスカ。木原信也探偵事務所のことで、これまで分かったことを説明して」

神谷の言葉に玲奈の表情は穏やかになった。

──木原信也は、自由民権党の衆議院議員麻布《あざぶ》慎太郎《しんたろう》の第一秘書だった。十一年前に退職して、探偵事務所を設立し、現在に至る。そのため、顧客は自由民権党の関係者が多数。

アスカは、口元だけ動かして説明をはじめた。玲奈の声をサンプリングしているようだが、どことなく機械音声のように聞こえる箇所《かしょ》もある。だが、質問者の声に反応しているらしく、玲奈の方を向いている。

「やっぱり、自由民権党と関係しているのか。だが、探偵事務所が爆弾テロまで起こすかなあ」

黒井が腕組みをして首を傾げた。

──そこまでは調べきれていません。木原信也探偵事務所のサーバーのデータから顧客リストと依頼内容もダウンロードしました。現在解析中ですが、浮気とか遺産相続といった内容ばかりです。

アスカが舌を出して肩を竦めた。

「おお」

貝田と外山と尾形が同時に声を上げた。アスカの仕草があまりにも可愛らしいからだろう。

「探偵事務所のサーバーに収められているのは、おそらく表向きのデータだけでしょうね。裏稼業のデータは別のどこかにあるはず。それは私が見つける」

玲奈が補足した。

「それと、尾形君が依頼した仕事で尻尾《しっぽ》を摑めればいいのだが」

岡村は尾形を見て言った。尾形が調べるように依頼した〝太平施工〟は、木龍が設立した会社で心龍会の息が掛かっている。調査しにきた木原信也探偵事務所の探偵を、同じく木龍が重役となっている〝こころ探偵事務所〟が監視下に置き、調べ上げることになっているのだ。

「報告はこれまで。今日はアスカのお披露目をしただけ」

玲奈は厨房から出てくると、テレビの前で指を鳴らした。

――失礼します。バイバイ。

指音に反応したアスカが笑顔で手を振ると、テレビの電源は切れた。

「さようなら」

貝田と外山と尾形が揃ってにやけた表情で手を振っている。玲奈が決して見せない笑顔に三人は引き込まれているようだ。

「帰る」

玲奈はふんと鼻息を漏らすと、部屋から出て行った。

「……会議は、お開きにするか」

岡村は顎の下を掻きながら言った。

5・三月十五日PM8：00

午後八時。

神谷は三〇五号室のドアをノックした。

ドア横にインターホンがあるのだが、玲奈が呼び出しベルを嫌うため使えないのだ。打ち合わせ後、部屋に来て欲しいとメールを受けていた。

――どうぞ。

インターホンのスピーカーから玲奈の声がすると、ドアの電磁ロックが解除された。

「やあ」

神谷は右手を軽く上げて部屋に入った。

昼間と違って、夜は間接照明だけになっている。ムードを出すためというより、玲奈は明るい部屋が苦手だからだ。出入口と反対側にある窓の前に特注のバーカウンターがある。

玲奈はカウンターに肘をつき、スツールに足を組んで座っていた。

いつもは黒のレギンスを穿いているが、今日は珍しくタイトなミニスカートである。足を組んでいるので妙に色っぽい。

カウンターは、奥行きは六十センチ、幅は百八十センチ、ブビンカの無垢《むく》の一枚板で作られている。業務用と変わらない本格的なカウンターだ。洒落たスツールも四脚用意されている。

窓際の棚にはシングルモルトやバーボンなど様々なウィスキーのボトルが五十本近く並べられていた。スチール棚を撤去して空いたスペースを利用すべく玲奈がデザインし、太平施工に発注したのだ。つい最近設置を終え、お披露目することになっていた。

昨年、玲奈はマッカランの十八年ものを飲んだことで幼少期の記憶が蘇《よみがえ》って不調になった。それ以前から、沙羅が表に出なくなっていたのだが、症状が悪化してしまったのだ。そこで、尾形の友人の精神科医にヒプノセラピーと呼ばれる催眠療法を受けた。その結果、母親と同じサナエと名乗る第三の人格が出現した。再度ヒプノセラピーを試したところ、玲奈が出現するよりも前の幼少期、母を妾《めかけ》としていた男の正妻と息子に虐待《ぎゃくたい》されたことにより生まれた人格だと分かる。

神谷をはじめとした911代理店の仲間は、治療の結果得られた情報を手掛かりに囚《とら》われていた母親を発見した。彼女の呼びかけで沙羅は目覚め、玲奈の精神状態も戻っている。

昨年の騒動に絡んでいたマッカランだが、玲奈はその後ウィスキーを嗜《たしな》むようになったのだ。

「バーカウンターのお披露目をしようと思っていたの」

スツールから下りた玲奈は笑みを浮かべた。同一人物のため当たり前なのだが、笑顔が沙羅に似てきた。角が取れてきたのだろう。

「お披露目？　他に人を呼んでいるのか？」

神谷は首を傾げた。

「この部屋に入室できるのは、あなただけよ。他の誰にお披露目する必要があるの？」

肩を竦めた玲奈に、質問で返されてしまった。

「だな。それしても素晴らしいバーだ。ボウモアの18年ものを貰おうか」

苦笑した神谷は、アイラ系でもピートの香りが強いウィスキーを選んだ。ほとんどのボトルが高級酒でしかも未開封のため、いささか迷った。

「私もそれにしよっと」

玲奈は棚のガラスケースからショットグラスを二つ出し、ボウモアのボトルの封を開けた。ショットグラスは江戸切子らしく、花柄が刻まれている。

二つのグラスにボウモアが注がれると、神谷と玲奈はスツールに座ってそれぞれのグラスを手にした。玲奈はグラスに鼻を近付けて香りを確かめている。

「乾杯」

二人はグラスを掲げてウィスキーを口にした。スモーキーで甘くフルーティーな香りが口から鼻腔に抜ける。

「癖があるけど、美味しい」

玲奈は一口飲んで小さく頷いている。

「アイラ系のスモーキーな香りは、結構癖になるんだ」

神谷は味わいながら飲み干すと、ゆっくりと息を吐いて余韻《よいん》を楽しんだ。

「ところで、知らない顔が二人もいるけど、身元は大丈夫なの？」

玲奈は空になった自分と神谷のグラスにボウモアを注いだ。落ち着いているようだが、言葉がどこか刺々《とげとげ》しい。よく知らない人間が同じ建物内にいることが、許せないのだろう。

「確かに黒井の身元はこちらでは確認していない。住民票はあるが、それも表向きのもので転々としているらしい。だが、伊奥という人物の保証付きだから大丈夫だと思う。もちろん、大谷さんは問題ないだろう」

神谷は小さく首を振った。

「分かっている。黒井に関しては、私も調べたけど、ネット上に足跡を一切残していないから調べようがなかった。だからって信用できないわけじゃないけど、信用できるとも言えないでしょう？」

玲奈は二杯目のウィスキーを飲まずにグラスをカウンターの上で回している。

「他人と同じ屋根の下で暮らすのは嫌だと思うけど、少しだけ我慢して欲しい。二、三日というのは無理だと思うけど、なるべく早く事件を解決できるように努力するよ」

神谷は玲奈の目を見て言った。他の者ならこの時点で、玲奈の怒りを買い、鉄拳が飛んでくるだろう。だが、逆に神谷の場合は、視線を逸らすと無視をするなと怒るのだ。

「はいはい。お披露目会は終わり。仕事に移るわよ」

玲奈はグラスのボウモアを一気飲みすると、スツールから下りた。

「ん、まだ仕事するのか？」

神谷は空のグラスを名残惜《なごり》しそうに見て、カウンターに載せた。

「こっちに来て」

玲奈は自分のデスクの椅子に座って手招きした。

「了解」

神谷は玲奈の隣りに立った。

「何か、分かったのか？」

神谷はメインモニターを覗き込んだ。

「これを見て」

玲奈はメインモニターに緑色の工具を表示させた。爆弾テロ事件に使われた黒井の道具箱だろう。

「これは、県警の持っている情報と貝田が解体作業中に撮影した画像などを元に構造まで再現したCGなの。これを使ってスーパーコンピュータで、解体する際に爆発した原因を探ってみた。これまで何万回もテストしてみたわ」

玲奈は画面上のスタートボタンをクリックした。すると、画面の工具箱が分解されて最後は爆発した。それが限りなく繰り返される。コンピュータが条件を少しずつ変えて解析しているのだろう。

「何が分かったんだ?」

神谷は目まぐるしく動作するCGを見て尋ねた。

「分かったのは、最初から爆弾は不発だった可能性が高いこと。雷管として使われていたダイナマイトは、被害を大きくするための釘を盛ったプレートを外さない限り、その起爆装置は働かないようになっていたということ。残念だけど、コンピュータは当たり前の結果を導き出しただけ」

玲奈は溜息を漏らした。貝田が長野県警に提出したレポートと同じということだ。

「犯人は、わざと不発弾にし、処理する際の被害を最小限にして証拠を隠滅したということだな」

神谷も爆弾の目的を考えたが、結論は同じである。爆弾は実際に爆発したが、人を殺すのが目的ではなかったということだ。

「導き出される結果はそういうことね。一発目の爆弾は、二発目の爆弾がある場所を通って誘導させるための囮だった。それは間違いない。二発目の爆弾は、不発だったけど、副知事の暗殺だと思わせ、犯人を黒井に仕立て上げることが目的ということよ。これで、副知事は黒井をプライベートで使っていた探偵だとは言えなくなってしまった。下手に告白すれば、自作自演だと思われ、政治生命も終わってしまう。犯人は考えたわね」

玲奈は鼻先で笑った。

「県警が爆弾テロの標的を副知事と考えたのは、レセプションの主賓だった米国大使館職員が大使の代行で、大物ではなかったからだ。しかも出席予定だった知事は二日前に入院している。病欠のニュースは地方新聞にも載ったから、犯人が知らないはずはない。副知事が標的だったことは間違いないだろう」

神谷は首を捻った。どうしても釈然としないのだ。

「副知事が狙われた理由の一つは、黒井を使って県内で太陽光発電用に買い占められている土地を調べていたから。もう一つは、副知事の実力を恐れたからか。副知事自身は、事件を受けて引退するつもりだった。爆弾テロは未遂《みすい》だったけど、一定の効果があったわね」

玲奈は神谷の疑問を読み取って言った。

「土地買い占めに日光《にっこう》テクニックが関わっており、その実体は上海《シャンハイ》電装公司だと分かっている。だが、上海電装公司は、買い占めを副知事に知られたところで痛くも痒《かゆ》くもないだろう。なぜなら土地買収は合法的に行なわれているからだ。極秘で買収しているのは、日本人の感情を刺激しないためだろう。政府は外国人や企業に土地を買い占められても動こうとしない。だが、市民が反発して声を上げたら政府も動かざるを得ない。中国企業が恐れているのは、政府ではなく、市民の声だからだ」

神谷は、上海電装公司は爆弾テロ事件の候補とは考えていない。中国が対外的に強行政策を取るのは、中国政府の核心的利益のためであるが、一番の理由は国力があることを国民に示すためだ。中国政府がもっとも恐れているのは外国政府ではなく、十五億人の国民である。

「その通りよ。私は大谷の政治力を恐れている知事が怪しいと思っている。そこで、知事が入院した病院を調べようとしたけど、カルテがデジタル化されていないから調べようがなかったというわけ」

玲奈は意味ありげに神谷を見た。

「また長野に行けっていうことか」

神谷が溜息を吐くと、玲奈は笑顔で頷いた。

6・三月十六日AM9：20

三月十六日、午前九時二十分。新宿。

ダークスーツにサングラスといつものスタイルで木龍は、新宿通りを歩いていた。歩道を普通に歩いているのだが、すれ違う人は皆視線を避けて道を譲る。

右手に曲がり、武蔵野《むさしの》通りに入った。ファッションビルを過ぎると飲食店やパチスロ店など、夜ならネオンが輝く街並みもこの時間に開いている店は少ない。次の角を左に曲がって一瞬立ち止まると、五階建て〝新宿光台《こうだい》ビル〟の一階にあるゲームセンター横の階段を上がった。

木龍は三階の立入禁止と記されたドアをノックする。

「ご苦労様です。尾行はありませんでした」

スーツ姿の男が深々と頭を下げて木龍を迎え入れた。〝こころ探偵事務所〟の星野正信《ほしのまさのぶ》である。探偵事務所に所属しているが、木龍直下の部下でボディーガードも兼任していた。

三階は半年前までビルのオーナーが経営していたフィットネスジムだったが負債を抱えて倒産し、心龍会がビルごと買い取っている。そのため、トレーニング機器はそのまま置かれていた。

三階以外は、以前から入っているテナントがそのまま営業を続けている。古いビルなので構造にも少々問題はあるが、なぜだか三階は何をやっても長続きがしない。フィットネスジムもビルのオーナーが苦肉の策で自ら開設したがうまくいかなかったのだ。そこで、新しいテナントが見つかるまで組員の厚生施設として使うことになっている。

だが、今は他にも利用価値ができた。道を挟んで向かいの八階建てビル〝紺碧《こんぺき》第二ビル〟の三階に〝太平施工〟がテナントとして入っている。〝新宿光台ビル〟の三階は見張り所として、周辺を監視するのに都合がいいのだ。

「お疲れ様です。木原事務所の探偵が、この辺りでうろうろしていますよ」

窓際のテーブルに座っていた男が頭を下げて笑った。〝こころ探偵事務所〟の副所長である奥山真斗《おくやままさと》である。

「特定までしたのか？」

頰をぴくりと痙攣《けいれん》させた木龍は、奥山のデスク近くに置いてある椅子に座って尋ねた。

「連中は、四人体制で周辺を嗅ぎ回っています」

奥山はデスクのノートPCの画面を切り替えて、四人の男の顔写真を表示させた。いずれも煙草《たばこ》や飲み物を飲むためにマスクを外した瞬間の静止画のようだ。

「ほお、四人も出してきたか」

画像を見て木龍は鼻息を漏らした。

「左上の男が、内田健太という探偵で、四人のチームのリーダーのようです。2《ツー》マンセルで交代しており、他の二人は近くのビジネスホテルで待機しています」

奥山は画面を指差した。

「依頼を受けてすぐ動けるとは、なかなか機動力がある会社だ。それにしても、よく割り出したな」

木龍は小さく動いた。

「いつものように顔認証に掛けるため、画像を911代理店に送ったんです。いつもなら玲奈さんが対応されるので、結果は早くて午後八時以降、あるいは翌日になると思っていました。ところが、二十分後には結果が送り返されてきたのです。沙羅さんが対応してくださったようです」

奥山は大きく両眼を開けて言った。

「沙羅さんが、対応」

木龍も両眼を見開いた。沙羅と玲奈のことは、彼女が十八歳で岡村のところに引き取られた時から知っている。だが、沙羅が高度なプログラムが扱えるとは聞いたことがない。

木龍は腕組みをして首を傾げた。

「太平施工をいつまでも監視したところで、ボロは出ません。彼らが諦《あきら》めるまで見張っていますか？」

奥山は画面を監視画像に戻して言った。〝新宿光台ビル〟周辺にある防犯カメラの映像を見ていたのだ。木龍に尾行がないかは、防犯カメラの映像で確認していた。玲奈の協力で新宿中の防犯カメラはすべて見られるようになっているのだ。

木龍が起業した他の会社と同じく、太平施工の設立時の役員は木龍をはじめとした心龍会の幹部が名を連ねた。だが、順調に利益を出した三年目に心龍会の関係者はすべて役員から退《しりぞ》いていた。健全な企業として独立させることで、警察や税務署からの追及を免れる。木龍はこれを「民営化」と呼び、現場の施工は心龍会の別会社が請け負うシステムにしていた。表向きの業態から心龍会の痕跡《こんせき》を消すのだ。

「どうしたものかな」

木龍は腕組みをして天井を仰いだ。

「現状で2マンセルなら四組八名まで出せます。ここを拠点にすれば、一週間でも二週間でも連中を監視できます」

奥山は木龍の独り言に答えた。元フィットネスジムというだけに様々なマシンがあるが、それだけでなく六台の簡易ベッドが用意されている。新宿は眠らない街だけに、心龍会の組員の仮眠所も兼ねているのだ。監視活動をするにも最適な場所といえよう。

「監視するだけじゃつまらないな。少々いたぶるのはどうかな」

木龍は右口角を上げて顔を歪《ゆが》ませた。にやりと笑ったのだ。

「色々ありますよ。やつらの顔写真を他の組織にヒットマンだと送りつけるのはどうでしょうか？　明日の朝までに四人は新宿から消えますよ。生死の保障はできませんが」

奥山は不敵に笑った。

「呆れた男だ。よくそんな汚い手を思いつくな。暴力団じゃあるまいし」

木龍は首を横に振った。

「外見は堅気《かたぎ》ですが、中身はヤクザですから。駄目ですか？」

奥山は頭を掻いて苦笑を浮かべた。

「面白いことは認める。だが、今回は駄目だ。追っ払うことはできても、情報が得られなくなる。四人を監禁して口を割らせるんだ。合法的にな」

木龍は腕組みを解くと、立ち上がった。

首吊り殺人

1・三月十六日PM9：15

三月十六日、午後九時十五分。

神谷《かみや》は、長野《ながの》県民病院の駐車場に停めてあるジムニーの助手席に座っていた。黒井《くろい》が副知事と共に東京まで乗ってきた彼の知人の車を返却することもあるが、社用車であるジープ・ラングラーではまた尾行される可能性があるからだ。

五分ほど前に到着している。日が暮れてから冷たい雨が降ったため、気温は六度まで下がっていた。ヒーターを点けるためにアイドリングしていると、排気ガスが目立つのでエンジンは切っている。ジムニーの小さな車体はすぐさま冷気に包まれ、内部まで冷え切っていた。

——こちらレイ。準備ができた。少し早いけど行ける？

玲奈《れいな》の声が無線機に繋がれたイヤホンから聞こえる。レイはコールサインだ。神谷と黒井は、インターネットを使うIP無線機を使っていた。そのため、玲奈は自室のパソコン経由で神谷らと話せるのだ。

神谷と黒井は病院に潜入し、カルテ室に保管されている里村《さとむら》長野県知事のカルテの情報を盗み出す。玲奈には潜入のサポートを頼んであった。また、医学の博士号を持つ尾形《おがた》に、カルテを見てもらうことになっている。

「了解。ありがとう」

神谷は返事をすると両手を合わせて熱い息を吹き込み、掌を温めた。

「準備ができたそうだ。行くか」

神谷はマスクをかけて車を降りた。政府は新型コロナを五類にする方針だと発表した。だが、当面は医療機関に入るにはマスクは必須だろう。

「おう」

呼応した黒井もマスクをして運転席から離れる。二人は大型のハンドライトを手にし、ヘルメットも被っていた。病院が契約している大手の日本第一警備保障の制服を着ている。夜間の病院に警備員は常駐しておらず、警報器が作動した際に五分以内に警備員が駆けつけるという契約である。

制服やヘルメットなどの装備は、心龍会のグループ会社であるＡＳＬＯＯＫ警備保障から借りてきた。大手の装備なら揃えているという。使い道は聞かないことにしている。

通用口から入った二人は、非常階段を上がって二階に上がる。玲奈が、院内の監視カメラの映像を集約するセキュリティサーバーにループ映像を記憶させた。そのため、二人の姿は映っていない。マスクをしているので、顔は映っても問題ないが、一切の証拠を残さないためである。玲奈は実際の監視カメラの映像を見ており、二人に指示することができるのだ。

「ここだ」

神谷はカルテ保管室を見つけると、ドアの鍵をピッキングツールで簡単に開けた。貝田《かいだ》から教わった技術であるが、今はプロ級だ。院内の見取図は玲奈がハッキングで取り寄せていたので、二人とも頭に叩き込んである。

「さすがだな」

にやりとした黒井はドアを開けた。すかさず神谷が部屋に入る。黒井は廊下で見張りをすることになっていた。

スチールロッカーが天井近くまで並んでいる。

「里村雄平《ゆうへい》、……里村」

神谷は長野県知事の名前を呟きながらロッカーの表示を探す。五十音順になっているので、迷うことはなさそうだ。

「あった」

目的のロッカーから神谷は里村のカルテを抜き取り、スマートフォンで撮影した。すぐさま911代理店のクラウドサーバーに送る。

「よし」

送信を確認した神谷は、カルテをロッカーに戻して部屋を出た。

――非常階段から看護師が出てくるわよ。一階の受付には誰もいない。そのまま二階のナースステーションに行って。

玲奈から無線が入った。

「了解」

神谷は返事をすると、黒井とともに二階のナースステーションに向かう。気付かれずに潜入し、脱出する予定だった。だが、脱出プランは何通りか立ててきたのだ。

「すみません。日本第一警備保障の者ですが、警報器のアラームが本部に入っております。確認させてもらえますか？」

神谷はナースステーションのカウンターで声を掛けた。

「あら、一階の受付は誰もいませんでしたか？」

パソコンで仕事をしていた看護師が、受付に立った。

「どなたもいらっしゃいませんでした」

神谷は苦笑を浮かべて答えた。

「夜勤の職員が、巡回しているかもしれませんね。私ではよく分かりません。職員を呼び出してみます」

看護師は自分のスマートフォンを出した。夜間だけに館内放送で呼び出せないからだろう。

「ちょっと待ってください」

神谷はイヤホンに左手を当てて言った。

――二階の血液検査室の電磁ロックを外しておいたから確認してみて。

玲奈からの連絡だ。院内のシステムも乗っ取っているらしい。

「今、本部から連絡がありました。血液検査室のロックが外れているようです。確認させてください」

神谷は淡々と事務口調で言った。

「曽根《そね》さん、ここをお願い。警備会社さんを案内するから」

看護師は奥で仕事をしている同僚に声を掛け、カウンターから出てきた。

神谷と黒井は看護師に案内されて廊下を奥へと進む。

「本当だ。ロックが外れている」

看護師は血液検査室の鍵が開いていることを確かめて言った。

「我々が内部の安全を確認します」

神谷は看護師を廊下に待たせて、黒井と検査室に入った。むろん異常などあるはずがない。

「異常はありませんでした。電磁ロックの不具合でしょう。ロックがまた掛からないようでしたら、業者さんを呼んでください」

神谷は検査室のドアを閉じ、電磁ロックを確認した。

「立ち会われたので、確認のサインをお願いします」

黒井がタイミング良く、クリップボードに挟まれた書類を看護師に渡した。

――尾形がカルテを確認したけど、慢性疲労と急性胃腸炎と診断されていたそうよ。マスコミ沙汰を起こした芸能人や政治家がよく使う症状らしいわね。仮病の代名詞と言ってもいいらしい。しかも診断した医師は、外科の菊池俊輔《きくちしゅんすけ》よ。

玲奈からまた無線連絡が入った。

「ところで、菊池俊輔先生は宿直ですか？」

神谷は看護師に尋ねた。

「まさか。院長先生ですから宿直なんかしませんよ。もっとも昨日からお休みされていますけど」

看護師はサインをした書類を返して答えた。

「そうですよね。それでは失礼します」

神谷は頭を掻いて黒井に目配せをした。

2・三月十六日ＰＭ９：４０

午後九時四十分。

神谷と黒井は駐車場に停めてあるジムニーに戻った。

周囲を見回して人気《ひとけ》がないことを確認した神谷は、運転席に座り込んでヘルメットとマスクを外した。運転は東京から長野まで往路を神谷、復路は黒井に交代することになっている。

「カルテは予想どおりだった。まあ、院長が関わっていることも想定内だな」

神谷はエンジンを掛けた。カルテの内容は予測されたことだが、仮病の裏付けが欲しかったのだ。

「知事は二日前に仮病で入院し、大谷《おおたに》さんを代役として出席させたことは確実だな」

黒井はヘルメットを荷台に投げると、短く息を吐き出した。安堵《あんど》の溜息とかではなく、単なる呼吸法なのだろう。潜入している間、黒井の息は一切乱れることはなかった。

「爆弾テロの犯人と繋がっている可能性が濃厚だと思うが、知事本人の確認が必要だな」

神谷もヘルメットを荷台に置き、警備会社のジャケットを脱いで自分の防寒ジャケットに着替えた。

「運転代わろうか？　知事の自宅なら知っているぞ。まだ寝入っていないだろうがな」

黒井も着替えながら尋ねた。

「大丈夫だ。ナビに入れてきた」

神谷はスマートフォンの地図アプリを立ち上げ、あらかじめ登録しておいた里村の自宅住所を表示させた。ダッシュボードのスタンドにスマートフォンを差し込むと、経路案内をはじめる。

「最初から里村の家に行くつもりだったのか？」

黒井が地図アプリの経路を見て頷いた。

「当然だろう。本人を直接尋問しなくても、自宅に盗聴盗撮機は仕込んでおくべきだ」

神谷は車を駐車場から出しながら言った。探偵業を本格的に始めてからまだ二年ほどで経験値が足りないことは自覚している。だが、岡村から特訓を受けたことでそれを補っているという自負はあり、スカイマーシャルとしての経験も大いに役に立っていた。

「慎重だな。弱みはいくらでもあるから脅せばいいんだ」

黒井は首を振った。

「弱み？」

首を傾げた神谷は市内を南北に通る長野線に車を出し、北に向かう。

「副知事からボディーガードを引き受けた際に、関わりのある人間はあらかた調べ上げた。知事は県内の建設業者と繋がっている。おそらく賄賂《わいろ》を受け取っているはずだ。公共工事の入札で特定の業者が落札している。落札価格は知事を含め、県の建設部の幹部だけが知っている情報だ。それから、二ヶ月前に退職した女性職員へのセクハラ疑惑もある。その他にもパワハラは常態化しているとも聞く。里村は独善的で利権を貪《むさぼ》っているエロ親父だ。賄賂もセクハラ問題も表面化すれば、次の選挙を待たずに辞任もありうる」

黒井は鼻先で笑った。大谷が黒井を信頼しているのは、腕っ節だけでなく、捜査能力も長《た》けているからのようだ。

「そんな危《あや》うい存在だったのか。知らなかった。だが、それなら、副知事を狙っている場合じゃないだろう？」

神谷は渋い表情で首を捻った。

「問題は、知事の政治力だ。これまでも黒い噂は色々あった。だが、警察が動き出すと、必ず政府から県警に圧力が掛かるらしい。マスコミも黙《だんま》りを決め込んでいる。というのも里村の義理の兄が自由民権党の幹部だからだ。今回もそれで乗り切る可能性もある。やはり、次の知事選が公示される前に、副知事を叩くつもりなのだろう」

黒井は腕組みをして唸るように言った。

「政治の世界は、いつもながらどす黒いな」

神谷は肩を竦めた。これまでもM委員会が絡むと、いつも醜《みにく》い人間関係に悩まされたものだ。

「政治家は、政界という金と嘘で澱《よど》んだ大海で蠢《うごめ》く奴らだ。きれい事だけで生きてはいけないのだろう」

黒井は溜息を漏らした。大自然の中で修行する身だけに、今回の仕事では見たくもない物も見る羽目《はめ》になったようだ。

「『金と嘘で澱んだ大海』か。面白い表現だ。さて、この近くだな」

神谷は地図アプリを見ながら車を道路脇に停めた。

「この辺りは、庭付きの豪邸が多いんだ。ここから五十メール先にある屋敷だ。隣りの空き家から潜入できるぞ」

黒井は鼻先で笑うと、車から降りた。

「まさかとは思うが、潜入したことがあるのか？」

神谷は車から降りると、白い息を吐いた。気温は四度ほどか。

「どうだかな」

黒井は頭を掻きながら先に歩き出した。

「油断のならない奴だ」

神谷はふんと鼻息を漏らし、黒井に続く。

立派な家が並び、道路は綺麗に舗装されているが街灯は少ない。各家の門灯が侘《わび》しく灯っている。

黒井はブロック塀の前で立ち止まってさりげなく周囲を見回すと、いきなり塀を跳び越した。塀の高さは一・七メートルほどあるが、助走もなしに軽々と跳んだのだ。

「なっ！」

神谷は両眼を見開いたものの、ブロック塀に手を掛けて音もなく跳ぶ。

「街灯は少ないが、防犯カメラを付けている家は多いんだ。こっちだ」

黒井は声を潜めて話すと、雑草が伸びきった庭を進む。どうやら空き家となっている隣家のようだ。

二十メートルほど歩き、反対側のブロック塀の前で二人は立ち止まった。知事の家の裏側に出たようだ。家の照明は灯っておらず、ひっそりとしている。

「うん？」

神谷は右眉を吊り上げた。暗闇に目を凝《こ》らすと、勝手口と思われる裏口が開いているのが分かったのだ。

「ドアガラスも割れている」

黒井は渋い表情になった。夜目が利くため、開いているドアのガラスが割れていることも分かったらしい。

「家の中を確認するか」

神谷はブロック塀に手を掛けた。

「待ってくれ。人の気配を感じ取れない。もし、何らかの事件なら下手に踏み込めば、俺たちが犯人にされるぞ」

黒井は神谷の肩を摑んで制した。

「確かにそうだが、もし、知事が怪我でもしていたらどうする？」

神谷はブロック塀から手を離した。

「だったら、あの刑事を呼べばいい。犯人に仕立てられるのは二度とごめんだ」

黒井は吐き捨てるように言うと、踵を返す。

「仕方がない」

神谷はスマートフォンを出し、早川《はやかわ》に電話をした。

3・三月十六日PM10：10

午後十時十分。

里村邸の前に四台のパトカーと、救急車と消防車まで停まっている。

神谷は早川を呼び出し、知事の自宅を調べさせた。いくらインターホンを鳴らしても反応がなく、自宅に電話をかけても通じない。また、秘書に連絡を取ろうとしたが、応答しなかったのだ。

早川は緊急事態だと、本部に連絡して屋敷に踏み込んだ。すると、家族は縛《しば》り上げられ、知事の姿はなかった。黒井の懸念は当たったのだ。

神谷は門前に立ち、警察の捜査を見守っていた。通報者として立ち会っているのだ。黒井は警察官らと顔を合わせたくないと車に乗って、この場を離れている。

縛られていたのは、知事の実の母親と妻と二人の娘だった。四人は救急車で次々と運ばれて行く。目立った外傷はないようだが、半日以上縛られていたため脱水症状で歩けないらしい。三台のパトカーと消防車も立ち去った。

「通報していただき、助かりました。しかし、長野に戻ったら先に連絡して欲しかったですね」

門の外で救急車とパトカーを見送った早川は、恨めしげに言った。

「申し訳ないです。夜間で勤務時間外に挨拶するのは失礼だと思ったんです」

神谷は頭を掻きながら笑った。

「それにしても、どうして知事宅に異変を感じたのですか？」

早川は訝《いぶか》しげな目で神谷を見た。

「アポイントを取ろうとしたけど、連絡がつかなかったので直接来たんですよ。でもいくら呼び鈴を鳴らしても誰も出ないので、おかしいと思いましてね。まあ、つまるところ、ただの勘ですよ」

神谷は苦しい言い訳をした。

「そうですか。事情は改めて本部でお聞きします。まもなく、初動班に替わって鑑識課が入りますので、私は現場の保全に努めます。今日は遅いので、ホテルにお帰りください」

早川は淡々と言った。現場を指揮して疲れたのだろう。

「知事は拉致《らち》されたのですか？」

神谷は早川の耳元で尋ねた。

「ここだけの話ですが、マスクで顔を隠した五、六人の男たちが、いきなり勝手口から入ってきたそうです。男たちは家族を次々と縛り上げ、知事を連れ去ったと奥様からお聞きしました」

早川は小声で教えてくれた。

門の前にジムニーが停まった。

「迎えが来たので失礼します」

神谷は軽く右手を上げると、ジムニーの助手席に乗り込んだ。

「副知事だけでなく、県知事まで襲撃されたとあっては、長野県はパニックになる。ニュースとしても全国版だな」

黒井は皮肉っぽく言うと、路地を抜けて長野線に出た。

「寄りたいところがある。百メートル先で左折してくれ」

神谷はスマートフォンの地図アプリを見ながら言った。

「どこに行くんだ？」

黒井は首を傾げながらも、ハンドルを左に切る。

「菊池俊輔医院長の家だよ。昨日から休んでいるらしいじゃないか。確認する必要があるだろう」

神谷は看護師から菊池のことを聞いてから気になっていたのだ。住所は玲奈に調べさせてあった。

「まさか、菊池医師も拉致されたんじゃないだろうな？」

黒井は眉間に皺を寄せた。

「それを確かめるんだろう」

神谷はふっと息を漏らすように笑った。

三分後、庭付き一戸建ての前で車を停めた。敷地面積は八十坪ほど、建物は六十坪前後ある。この家もそうだが、周囲は新築の家が多い。長野市は住宅街が郊外に延びているので、近年開発されたエリアなのだろう。

神谷はハンドライトを手に車を降りた。門灯すら点いていないのだ。

「おっ」

神谷は門の表札をライトで照らすと、にやりとして車に戻った。

「警備保障の格好になるんだ」

神谷は荷台から日本第一警備保障のヘルメットとジャケットを取って着替えた。

「……了解」

黒井も渋々従う。

日本第一警備保障の格好になった二人は門の前に立った。これなら、近所の住民に目撃されても問題ないだろう。

敷地は高さ一・五メートルほどの洋風の板塀で囲まれている。

「そういうことか」

黒井は門の表札の下にインターホンがあり、その下に日本第一警備保障のシールが貼ってあることに気が付いた。菊池家は警備会社と契約しているということだ。

神谷はインターホンの呼び出しボタンを何度か押した。三十秒ごとに四回押したが、応答はない。念のために自宅の電話にも掛けたが、同じである。

「また、例の警官を呼ぶのか？」

黒井は腕組みをして暗闇に佇《たたず》む家を見た。

「今はそれどころじゃないだろう。それに天は味方をしてくれたようだ」

建物にライトを当てていた神谷は車に戻り、荷台に積み込んであるコンテナボックスを開けた。車は借り物だが、装備は会社で整えてきたのだ。

「秘密兵器でもあるのか？」

黒井は興味津々といった風情《ふぜい》で覗き込んでいる。

「うちの会社では常識になりつつある」

神谷はコンテナから小さな樹脂製の箱を取り出し、中から縦横ともに八センチ、厚みが一・五センチという小型ドローンと専用コントローラーを出した。コントローラーに自分のスマートフォンをセットすれば、それがモニターとして使える。神谷は住民に見られないように、ジムニーの助手席に座って窓を全開にした。

「操縦できるのか？」

黒井は運転席に座り、胡散臭そうに神谷を見た。

「見ていろ」

神谷は手を伸ばしてドローンを窓から飛ばした。隠密行動に適した消音モーターで、暗視モードのカメラも備えている。

ドローンは二階の角部屋の縦すべり出し窓の隙間から中に潜入した。ハンドライトで細長い縦すべり出し窓が開いていることに気が付いたのだ。他は一般的な引き違い窓なので、すべり出し窓は換気用なのだろう。石油ストーブでも使っているのかもしれないが、夜明け前は零度前後になるので開けっぱなしは不可解である。

「うまいもんだ」

黒井はフロントガラスからドローンの飛行を見て感心している。

「ここは、寝室らしいな」

神谷はコントローラーのスマートフォンを見ながら言った。すべり出し窓の近くにベッドが映り込んだのだ。

「何！」

両眼を見開いた神谷は、舌打ちをした。

「どうした？　えっ！」

黒井も神谷のスマートフォンの映像を見て声を上げる。

ドローンは天井から首を吊っている人影を映し出したのだ。

4・三月十六日PM10：50

午後十時五十分。

里村知事邸のデジャブーを見るかのように、菊池医院長宅前にパトカーと救急車と消防車が停車している。

神谷は門前に立って警察の捜査を眺めていた。今回も黒井は彼らと接触しないように車で立ち去っている。車を調べられることはないだろうが、日本第一警備保障の制服やヘルメットなどの小道具を見られないためでもある。

菊池邸の二階に潜入させたドローンが、寝室の片隅で首吊り死体を見つけた。ドローンの暗視映像では顔がはっきり映らなかったが、ロープで首を絞められた状態で身動きしないため死亡していると判断したのだ。他の部屋も確認したところ、家族は出掛けているのか発見できなかった。だからと言って家に入ることはできない。そのため、また、早川を呼び出したのだ。

「ちょっとよろしいですか？　外は寒いのでこちらへ」

建物から出てきた早川が手招きし、近くに停めてあるパトカーの後部座席のドアを開けた。神谷が仕方なく後部座席に座ると、早川も乗り込んでドアを閉める。

「知事宅での通報者は神谷さんと記録しましたが、さすがに一時間も経たないうちに今度は殺人現場の発見者として同じ人物の名前を記録に残すのはまずいですよ。いったいどうなっているのですか？」

早川は険しい表情で尋ねた。

「だから、早川さんに連絡したんですよ。少なくとも今も県警に協力しているつもりですが」

神谷は涼《すず》しい顔で答えた。

「それはありがたいと思っています。しかし、捜査手順を踏まないと裁判で検察が不利な状況になることもあります」

早川は生真面目に言った。神谷が違法捜査をしていると言いたいのだろう。縛りがなく自由に動くのが探偵なのだ。畑中《はたなか》も今では神谷に協力してくれるが、当初はどうしようもない堅物であった。

「その辺を考えるのが早川さんの役目では。確かに早川さんに連絡する前に死体は確認していました。方法は言いません。聞きたくもないでしょう。ですが、現場は荒らしていませんし、捜査の邪魔をするつもりもありません。警察に協力する以上、その辺のことは守っています」

神谷は冷たい口調で言った。少々腹が立っているのだ。

「分かりました。こちらでなんとかしましょう」

早川は首を横に振ると、溜息を吐いた。

「二つ質問があります。一つは、首吊り死体は、菊池医師だったのか？　二つ目は、自殺と断定できるのか、です」

神谷は念のために尋ねた。

「菊池医師でした。自殺かは検死解剖待ちということになるでしょう」

早川は短く答えた。

「早川さんの刑事としての意見を聞いています。俺は裁判官ではない」

神谷は強い口調で尋ねた。

「索状痕《さくじょうこん》、つまり首のロープ痕とロープはほぼ一致しています。そのため縊死《いっし》であるように見えます。ただ、首吊りはロープに角度が付き、頸動脈洞《けいどうみゃくどう》を圧迫することで死に至ります。しかし、菊池医師の索状痕は、頸動脈洞からずれているのです。縊死の場合、頸動脈洞から外れることは百パーセントとは言いませんが、滅多にありません」

早川は声を潜めた。パトカーに乗っているのは神谷と早川だけだが、捜査状況を漏らすのは職務違反になるからだろう。

「殺人の可能性があるということですね。頸動脈洞を圧迫すれば、あっという間に気を失って死にますが、逆に外れた場合は、苦しみながら死ぬと聞いたことがあります」

神谷は頷いた。岡村からも教えられたが、基本的な鑑識の知識は専門書で得ている。

「よくご存じですね。でも、自殺でない可能性は認めますが、殺人と決めつけるのは早計だと思います」

早川は首を傾げた。

「菊池医師は口封じをされたのでしょう」

神谷は憮然《ぶぜん》とした表情で言った。

「口封じ！　説明してください」

早川は顔色を変えた。

「菊池医師は、爆弾テロ事件の前に里村知事を仮病で入院させました。犯人はそれを知られたくないのでしょう」

神谷はプロに徹して表情もなく答える。

「それじゃ、爆弾テロ事件はもちろん、知事を誘拐した犯人と菊池医師を死に至らしめた犯人は同じ可能性があるということですか?」

早川の声のトーンが高くなった。

「偶然というものは、ないんです。すべては反大谷副知事派がいると考えれば、一連の事件に繋がりがあることが分かります」

神谷は自信を持って言った。

「菊池医師が殺されたのなら、知事も生きている可能性は低いですね」

早川はにがり切った表情になる。

「その辺は心配していません。多少手荒に扱われたから、擦り傷程度はあるかもしれませんが、生きているでしょう」

神谷はふんと鼻先で笑った。

菊池医師の殺害理由が、里村知事の仮病入院を知る関係者の口封じなら犯人は里村に危害を加えるはずがない。あえて誘拐したのは、里村も被害者だと印象付けるために違いない。大谷副知事を殺害、あるいは陥《おとし》れることが目的の犯人グループは、里村とどこかで繋がっているはずだ。

「いずれにせよ、県警は二つの凶悪事件で手一杯になるでしょう。いや、すでにパニック状態です。今後もご協力をお願いします」

早川は頭を下げた。

「分かっています」

神谷は手を振ると、パトカーの近くに停まったジムニーに乗り込んだ。

5・三月十六日PM10：55

午後十時五十五分。新宿歌舞伎町《かぶきちょう》。

木原信也探偵事務所の内田は、部下の原口《はらぐち》と共に区役所通りを歩いていた。

十メートル先を太平施工の社長である神崎淳《かんざきあつし》が、部下の桑田義雄《くわたよしお》と歩いている。二人は大手ゼネコンである大鹿林《おおしかばやし》建設の元社員で、木龍がリクルートして社長と専務の役職を与えた。

神崎らは歌舞伎町のバーで行なわれている違法なトランプ賭博《とばく》の顧客であった。闇賭博を開催しているのは他の組であったが、木龍は顧客名簿を密かに入手していた。闇賭博の顧客は誰でもなれるわけではない。顧客から情報が漏れれば警察が介入するからで、口が堅く高収入でなければならないのだ。

一年半前に木龍は闇賭博場に警察の手入れがあることを知り、二人に事前に教えて救った。同時に賭博の元締めの顧客リストを改竄《かいざん》し、二人以外にも使えそうな人物の名前を消去してある。神崎らには、条件として会社を退職して太平施工の役員になることを提示した。二人にとっても刑務所入りを避けるだけでなく、重役として迎えられるのだから文句はなかったのだ。彼らはゼネコンとのパイプを使ってこの一年の間に業績を急成長させている。

神崎らはネオン輝く路地に入った。新型コロナが下火になったこともあるが、政府が五類移行への協議をしていることがニュースとなり、ネオン街も活気を取り戻している。

二人は突き当たりの交差点角に立っている五階建ての雑居ビルに入った。一階から五階まで九つの飲食のテナントがあり、二階から上はすべて風俗店という歌舞伎町では見慣れた形態だ。

内田と原口は、神崎らがビルの正面奥にあるエレベーターに乗ったことを確認すると、すぐさまエレベーターホールに入った。

「五階の〝パブ・８０Ｒ〟に入ったようだ」

エレベーターの停止階を確認した内田は、エレベーター脇にある案内板を見て言った。

「あっ。音声が途切れました」

原口は耳元のイヤホンを押さえながら眉を寄せた。神崎のスーツのポケットに原口が通りすがりに盗聴器を入れておいたのだ。幅三センチ、厚みは一センチほどの大きさだが、ガムの銀紙に包んである。食べた後のように丸まっているため、気付かれても誰かの悪戯だと思うだろう。見つかればすぐさま捨てられるだろうが、わざわざ銀紙を開くようなことはしない。

「くそう。ビルが鉄筋だからかな」

内田は恨めしそうに狭いエレベーターホールを見回した。

「店は、カウンターとは別にフロアにソファー席があります。レビューを見ても怪しい店ではありませんね。ホステスがいる店で、飲食代の平均が一人一万八千円のようです。ぼったくりではありません。それにフロアも広い」

原口がスマートフォンでネット検索し、画面を内田に見せた。

「パブか。店に入れば音は取れるかもな。それに打ち合わせ相手も確認できる。我々の顔はターゲットに知られていない。隣りの席に座っても大丈夫だろう」

内田はエレベーターの呼び出しボタンを押した。盗聴器の音声は、イヤホンで聴くだけでなく、録音もしている。神崎と桑田は、歩きながらこれから会う取引先の話をしていたのだ。

二人は五階でエレベーターを下りた。正面に〝パブ・８０Ｒ〟と書かれたドアがある。ドアが開き、サラリーマン風の酔客が出てきた。

「スーさん、また来てください」

胸の谷間が見える紺色のドレスを着た女性が、男を送り出す。女性がエレベーターの呼び出しボタンを押すと、すぐに開いた。

「また来るね」

酔客は手を振ってエレベーターに乗り込むと、ドアは閉じた。

「いらっしゃいませ。ルリコです。お二人様、ご来店」

ドレスの女性は振り返ると店のドアを開け、廊下に立っていた内田らの背中を押した。

「ああ、どうも」

内田は左耳のブルートゥースイヤホンを取ってポケットに入れ、原口に目配せした。ブルートゥースイヤホンは目立たないが、二人ともしていては怪しまれるからだ。

「いらっしゃいませ」

カウンターに立っている二人のドレス姿のホステスが微笑《ほほえ》みかける。ホステスは接客中も含めて四人、男性従業員はフロアにはいないようだ。厨房がカウンターの裏にあるようなので、そこにいるのかもしれない。

「この席でいいよ」

内田はさりげなく神崎と桑田のソファー席が見通せる席に座った。神崎の前に座っている男の顔もよく見える。

「お飲み物はどうされますか？」

先ほどのルリコが小さなドリンクメニューを持ってきた。

「とりあえず、生二つ」

内田は神崎らを視界の中に捉えながら言った。

「ご指名ありますか？」

ルリコはカウンターに注文を通すと、笑顔で尋ねた。

「ちょっと仕事の話をしてから指名するよ」

内田は笑みを浮かべて答えた。

「分かりました。ごゆっくり」

ルリコは笑みを残して他の客のところに行った。

「感度良好です」

原口が小声で言った。盗聴器の音声がクリアになったらしい。

内田はスマートフォンで神崎の前に座っている男の顔を撮影した。シャッター音がしないカメラアプリなので、周囲に気付かれることはまずないだろう。

二人は生ビールを飲みながら、神崎らをさりげなく監視した。

「当店のママをしております橋下可奈《はしもとかな》と申します」

二十分ほどしてロングドレスを着た橋下が、内田の隣りに座った。三十代後半の美人である。

「くつろげるいい店ですね」

内田はスマートフォンをポケットに仕舞って笑みを浮かべた。

「あんたたちがやっていることは、迷惑行為なんだよ。お代はいらないから、とっとと帰りな」

橋下は内田の耳元で囁くような声で啖呵《たんか》を切ると、立ち上がって内田と原口を睨みつけた。眉間を寄せた顔は美人だけに凄みがある。

「ええっ！　わ、分かりました」

両眼を見開いた内田は唖然とする原口を促し、慌てて店を出た

「驚いた。バレていたとはな」

内田は首を振ってエレベーターの呼び出しボタンを押す。

「ママが怖かったですね」

原口は青ざめた顔で答えた。

エレベーターのドアが開き、いかつい男が五人下りてきた。

「あんたたちか。今、迷惑行為があったと通報がありましてね。話、聞かせてもらいましょうか」

ダークスーツを着た大柄な男が内田の前に立って言った。〝こころ探偵事務所〟の奥山《おくやま》である。残りの派手なスタジャンやジャージ姿の四人も探偵事務所の社員であり奥山の部下だが、いずれも心龍会と二足の草鞋《わらじ》を履く男たちだ。五人の服装はどうみても善良な市民とは言えない。もっともそう見えるように着替えてきたのだ。

「なんだ、君たちは？　何の用だ」

内田の声がうわずっている。

「俺たちは、この界隈をパトロールしている。そう言えば分かるだろう。逃げられると思うなよ」

奥山が低い声で言うと、四人の部下は内田と原口の両脇を押さえた。

6・三月十六日PM11:40

午後十一時四十分。

神谷は新潟《にいがた》との県境にある廃墟ホテルの隠れ家にいた。市内のホテルにチェックインしても問題ないとは思うが、敵が長野に残っている可能性が高いのでホテルは避けたのだ。

これまで神谷らを長野県や群馬《ぐんま》県で尾行していたのは、木原信也《きはらしんや》探偵事務所の探偵ということは分かっている。とはいえ危険性は感じなかったので、放っておいた。だが、殺人事件に関わっている可能性も出てきたので、それなりに用心しなければならなくなったのだ。

外気は三度ほど、三十分ほど前から雪混じりの雨になっている。だが、部屋の中は二十四度といたって快適である。

「ここはラブホテルだったらしいが、そもそも需要はあったのか?」

神谷はソファーに座り、缶ビールを飲みながら何気なく尋ねた。黒井はベッドに座り、スマートフォンをいじっている。ベッドは一つだが、神谷の座っているソファーは折り畳みのベッドになるのだ。

「妙高《みょうこう》高原と野尻《のじり》湖という観光地の中間地点にある。オーナーは二つの観光地から客を呼べるとでも思ったのだろう。だが、目論見《もくろみ》が外れたから潰れて買手も付かなかった。それがすべてでさ」

黒井はつまらなそうに答えた。

「建物の基礎はしっかりしているとはいえ、改修費は大変だったろう？」

神谷は部屋の中を見回して尋ねた。別に世間話をする必要はないが、退屈なのだ。

「内装も電気配線も自分でやった。材料費だけで改修にたいした金は掛かっていない。一番高かったのは、部屋にあったベッドや壁紙を産業廃棄《はいき》物として捨てる費用だ」

黒井はスマートフォンを見ながら答えた。面倒臭そうに話しているが、ちゃんと答えるのは、黒井も退屈なのだろう。

神谷のスマートフォンが呼び出し音を立てた。岡村《おかむら》からの電話だ。

――今さっき、ドラゴンから連絡があった。詳しくはメールを読んでくれ。電話の必要はなかったのだが、無事を確認したくてな。

岡村が皮肉混じりに言った。ドラゴンとは木龍のことである。

「すみません。まだ起きているので、アプリを起動していません」

神谷は苦笑した。里村知事の拉致や菊池医師殺害の件は報告済みである。だが、出張中は就寝前にスマートフォンの監視アプリを起動させるのだ。就寝中は、スマートフォンが盗聴盗撮を自動的に行ない、何か異変を感じたらアラームを鳴らして神谷を起こす。同時に会社にも知らせることになっている。監視アプリを起動させていないということは、神谷がまだ起きているか、あるいはスマートフォンが使えない状態ということになるのだ。

――私は疲れたから先に寝るよ。

「失礼します」

神谷は通話ボタンを切ると、メールを確認した。

「岡村さんか。こんな時間まで仕事しているのか。タフだな」

黒井は小さく首を横に振った。

「木原探偵事務所の秘密を暴いたようだ」

神谷はにやりとすると、立ち上がってスマートフォンを黒井に渡した。

「ほお、なるほど。そういうことか」

黒井は岡村からのメールを読みながら唸った。

こころ探偵事務所の奥山が、歌舞伎町のパブに木原信也探偵事務所の探偵を誘い込んで嵌《は》めたそうだ。奥山は二人の探偵を組事務所に連れ込んで、尋問《じんもん》したらしい。メールには尋問と書いてあるが、何をしたのかは想像がつく。

木原信也探偵事務所には、大きく分けて二つの部署がある。一つは歌舞伎町で活動していた探偵のように、浮気や身元調査など、ごく普通の探偵事務所としての部署だ。もう一つは、クライアントの要請で殺人をも請け負うという極秘の活動をしているらしい。通常の部署は探偵第一部、裏稼業の方は探偵第二部と呼ばれているそうだ。

口を割ったのは内田という男で、係長のため事務所の内情をかなり知っているらしい。それでだが、係長クラスでも探偵第二部の詳しい活動実態を知ることはできないという。それでも、奥山は尋問の結果、有力な情報を得た。というのも、内田は仕事上でミスをしても首を切られないように極秘情報を握っていたのだ。

「だが、内田という男が握っていたのは、探偵第二部のサーバーのアドレスと、ログインIDだけで、パスワードまでは知らなかったんだろう？」

黒井は訝しげな目を向けた。

「優秀なハッカーなら、サーバーのアドレスさえ分かればログインIDもいらない」

神谷は首を振って苦笑した。

「ひょっとして玲奈さんのことか？」

黒井は小さく頷きながら尋ねた。

「彼女はIQ170の天才だ。そこら辺のハッカーとは訳が違う。彼女が本気を出せば、世界を相手にできるだろう。味方である幸運をいつも感謝しているほどだ」

神谷は正直な気持ちを交えて言った。

「ますます911代理店が気に入ったよ」

黒井は呼び出し音が鳴るスマートフォンを神谷に返した。電話が掛かってきたのだ。

「こんばんは」

神谷は黒井をちらりと見て言った。

――サーバーを解析して、「贈り物」の位置がほぼ分かったわよ。二箇所まで絞ったから後はそっちでやって。ただし、二箇所同時に調べないと逃げられる可能性はある。サポートは私がしたいから、救出するのなら明日の夜にしてくれる？

噂をすればである。「贈り物」とは、里村知事のことだ。

「了解。明日の夜までに作戦を考えるよ」

神谷は黒井を見て頷いた。

奪回の謎

1・三月十七日AM9：00

三月十七日、午前九時。長野《ながの》県警察本部。

神谷《かみや》と黒井《くろい》は、九階会議室の椅子に並んで座っていた。

「本当に、ここに来る必要があったのか？」

黒井は溜息を漏らした。

玲奈《れいな》は木原信也《きはらしんや》探偵事務所の闇の仕事を請け負う部署である探偵第二部のサーバーをハッキングし、長野県で暗躍している六人の探偵のリストを発見した。もともと神谷が尾行者の三人である鍵谷《かぎたに》と横川《よこかわ》と猪上《いのうえ》を特定していた。この三人の名前をキーワードとしてサーバーを検索したところ、簡単に見つかったそうだ。

鍵谷がグループのチーフで、本部の岸田雅弘《きしだまさひろ》という人物に報告書を上げている。岸田は探偵第二部部長という肩書きなので、彼の指示で鍵谷は動いているのだろう。

鍵谷は三月十六日の午前十時十二分に、「Sを確保」と報告している。Sはむろん里村《さとむら》のことだろう。問題はその中で「SをDポイントに移送する」という箇所なのだ。Dポイントに符合する場所や施設は、サーバーの記録にはなかった。おそらくDポイントは、口頭で決めてあったのだろう。

鍵谷は午後十二時六分にDポイントに到着したと報告している。もし、鍵谷が律儀《りちぎ》に報告しているのなら、移動に一時間五十分前後掛かったということだ。そこで玲奈は三月十六日の午前十時台における交通事情を踏まえ、一時間五十分で移動できる木原信也探偵事務所と関係している施設を探した。

だが、探偵事務所が所有する不動産物件は一つもなかった。そこで、玲奈は探偵事務所の前年度の決算報告書を調べてみた。

総売り上げは七億円あるが、関連会社である木原不動産が七億二千円の赤字を出しており、純利益はマイナスだったのだ。赤字は税金対策と思われるが、原因を調べてみたところ、長野県や山梨《やまなし》県や埼玉《さいたま》県にいくつもの不動産を所有していた。土地購入資金が赤字の原因ではあるが、売るどころか増えており、連結決算で赤字を出していたのだ。

不動産物件を調べると更地もあったが、別荘を含む住居もあった。玲奈が、里村知事宅から一時間五十分で移動可能な物件をピックアップすると二軒出てきた。

一つは、長野県茅野《ちの》市にある〝八ヶ岳《やつがたけ》自然山荘〟で、もう一つは山梨県小淵沢《こぶちさわ》にある別荘だ。山荘と別荘は、二十キロほど離れているが、車で三十分もあれば移動できる距離である。

「二箇所同時であれば人手が要る。〝八ヶ岳自然山荘〟は長野県にあるから、県警に任せるのが筋だろう」

　神谷は首を横に振った。

　ドアが開き、早川《はやかわ》が入ってきた。

「すみません。捜査本部の立ち上げ準備に奔弄《ほんろう》されていまして、手短にお願いできますか？」

　早川は二人の対面に座った。彼には捜査で重要な情報があるので、打ち合わせをしたいとだけ話してある。

「知事の居場所が特定できそうです。協力してくれますか？」

　神谷は表情もなく尋ねた。

「えっ！　監禁場所が分かったのですか？」

　早川は声を上げて、口元を手で押さえた。

「我々を尾行していたのは、木原信也探偵事務所ということは分かっていますよね。そこで、東京本社に探りを入れてみたところ、内部告発があり、闇で仕事をする探偵第二部というグループがあることが分かりました」

　神谷は淡々と説明する。

「その情報は警視庁も把握されているんですか？」

　早川は身を乗り出した。かなり端折《はしょ》ったが、方法論に疑問はないらしい。

「いいえ、得たばかりの情報ということもありますが、警視庁に報告する義務はありませんから」

神谷はすました顔で答えた。

「ありがとうございます。それで、監禁場所はどこなんですか?」

早川は興奮した様子で尋ねてきた。

「探偵事務所の関連会社である木原不動産の物件で、一つは長野県茅野市にある山荘で、もう一つは山梨県北杜《ほくと》市小淵沢にある別荘です。確証があるわけではないのですが、現段階ではこの二つが有力候補です」

神谷は場所だけ教えた。選んだ経緯を説明すれば面倒なことになるからだ。

「しかし、確証がなければ、裁判所に捜索令状も申請できませんよ」

早川は肩を竦めた。捜査はできないということである。

「〝八ヶ岳自然山荘〟は二年前から営業されていない。閉鎖されているので無人のはずです。だけど昨日から人の気配がすると、近隣住人からの証言があります。もし、けしからん旅行者が勝手に使っているとしたら問題です」

神谷は早口で説明すると、早川を指差した。自分で判断しろという意味だ。もちろん証言は嘘である。

「それは怪しい。……調べる価値はありそうですね」

早川は上目遣いで神谷を見た。

「肝心《かんじん》なのは二箇所同時に調べることです。最初に接触した方がハズレなら、逃げられる可能性がある。我々は山梨の方を調べます。何か問題はありますか？」

神谷は少々高圧的に命じた。

「……了解です」

早川は渋々返事をした。

2・三月十七日PM7：50

昼過ぎから断続的な雨が降っており、日が暮れてからは雨脚が強まっている。

神谷と黒井は、JR小淵沢駅から二キロほど南に位置する林道に停めたジムニーの中にいた。二人ともバラクラバを被り、レインパーカーを着込んで薄手の革手袋を嵌めていつでも行動できる準備は整っている。

百五十メートルほど西に、森に囲まれた二階建ての別荘がある。木原不動産が三年前から別荘周辺の六百坪の土地とともに管理しており、半径二百メートルに民家はない。

「そろそろ出かけるか」

運転席の黒井が腕時計で時間を確認して言った。じっとしているのが苦手なのか、表には出さないが、さきほどから苛々しているようだ。神谷は雨を嫌っているが、彼にとって悪天候も自然だと受け入れているからだろう。

「別荘まですぐ行ける。まだ早い」

神谷は自分のスマートフォンを見て首を振った。茅野市にある山荘を調べる早川と午後八時ちょうどに行動を起こす手筈《てはず》になっている。

三時間ほど前に到着しており、別荘の玄関と裏庭が見える位置に監視カメラを設置しておいた。貝田《かいだ》が市販品を改造したもので、映像を記録するだけでなく、ネットを通じてスマートフォンで見ることができる。また、別荘の脇にアウディが停めてあるが、後部バンパーの下にGPS発信機を取り付けてあった。

雨が降っていなければ、ドローンを飛ばすのだが、それもできない。だからと言って気温が十度の土砂降りの中で、張り込みをする気はないのだ。

「玄関のライトが点いたぞ」

神谷は暗視スコープを手に車を降りた。

「車で待機する必要はないんだな？」

黒井も運転席から飛び出す。車で逃げられた場合を心配しているのだろう。GPS発信機もある。それにとっておきを用意しておいたのだ。畑中《はたなか》に長野の爆弾テロ及び殺人犯の捜索を手伝って欲しいと場所を教えてある。もうすぐ到着すると連絡があったが、間に合わなかったようだ。だが、犯人が逃げるようなら追跡を要請することはできるだろう。

「現場を押さえるのが先だ。急げ！」

神谷は暗視スコープを右目に当てて、鼻先も見えない暗闇を突き進んだ。

「任せろ」

黒井は神谷を追い越し、猛スピードで走って行く。暗闇と思っていても、彼は何かの光を感じているようだ。

二人の男が玄関から出てきた。一人は鍵谷である。

黒井が無言で二人の前に立ち塞がった。

「誰だ！　貴様！」

鍵谷が叫ぶと、隣りに立っている男がいきなりナイフを黒井に突き立てようとした。

黒井はナイフを叩《たた》き落とし、右裏拳で男の顔面を殴打《おうだ》して昏倒《こんとう》させる。

「くそっ！」

舌打ちした鍵谷が懐《ふところ》から銃を抜き、黒井に向けた。銃に慣れている早業《はやわざ》だ。

「しっ！」

藪《やぶ》を走り抜けてきた神谷の飛び蹴りが、鍵谷の顔面に炸裂《さくれつ》する。

「余計なことを」

黒井が苦笑した。その手には棒手裏剣が握られている。

「礼はいらない」

苦笑した神谷は、鍵谷の銃を拾った。SAT時代に慣れ親しんだSIG　P228である。ポケットに入れると、玄関のドアをそっと開けた。

ドアの向こうはいきなり洋式のリビングになっている。部屋の中央にソファーとテーブル、奥には暖炉《だんろ》があり、右手に階段があった。一瞬で部屋の配置を頭に入れる。これは、SATの突入訓練で身につけたものだ。

ドアに銃弾が跳ねた。左手にあるドアの陰に銃口が見えた。

「おっと」

ドアを閉じた神谷はポケットの銃を握り、左手で黒井に別行動するように合図をした。

頷いた黒井はすばやく暗闇に消える。

神谷はドアを勢いよく開けると、斜《なな》め前に飛びながらドアの陰に隠れている男の銃を撃った。的《まと》は小さいが外す距離ではない。外れたとしても銃を握っている指が飛び散るだけである。

「ぐっ！」

男は銃を弾かれた衝撃で尻餅をついた。銃撃戦など経験がないのだろう。銃で撃たれて驚いたらしい。

神谷は駆け寄って男の顎を蹴り抜く。

ドアの向こうの暗闇からいきなり、ナイフが突き出てきた。神谷は銃で払って左手で腕を摑んで引き倒した。男は果敢《かかん》に立ち上がってナイフを振り回す。神谷は回転しながらナイフを避け、男の右腕を取って一本背負いで投げた。さらに床に叩きつけた男の顔面を蹴って昏倒させる。

対テロのプロであるスカイマーシャルにとって、敵制圧は戦闘力を完全に奪うことである。相手が複数なら、拘束《こうそく》する暇などない。行動不能にさせることが原則なのだ。

背後に気配を感じた神谷は、跪《ひざまず》いて銃口を階段に向けた。

「俺だ」

階段の途中で黒井が二本指を立てた。二人倒したということだろう。二階から潜入し、上の階を制圧したようだ。玄関先の二人も含めて、これで六人倒したことになる。だが、油断はできない。

神谷はハンドライトを出し、銃を構えたまま男が隠れていたドアから隣りの部屋の内部を照らした。

「むっ！」

両眼を見開いた神谷は銃をポケットに仕舞い、部屋に足を踏み入れた。

「なんてこった」

後から入ってきた黒井が絶句した。

里村が首を吊って天井からぶら下がっているのだ。

3・三月十七日PM8：40

午後八時四十分。小淵沢。

別荘に通じる未舗装の道路に覆面パトカーと三台のパトカー、それに護送車が停まっている。

覆面パトカーの後部座席に神谷は座っていた。運転席には楢林毅《ならばやしつよし》、助手席には山下幸雄《やましたゆきお》と紹介された畑中の部下が乗っている。二人とも初対面ではない。神谷が殺人現場などに遭遇した時に畑中を呼ぶと、決まって彼らを連れて来るのだ。よほど信頼を置いているのだろう。それに、彼らは優秀である。

神谷と黒井が六人の男を倒して別荘を制圧してから、畑中に連絡を取ったところすぐ近くにいたので数分で到着している。畑中は現場を一通り調べると、山梨県警本部に連絡を取り、十五分後に北杜警察署からパトカーがやってきたのだ。

護送車は遅れてやってきたが、神谷らが倒した六人の男たちは畑中らが手錠を掛け、足もロープで縛り上げていた。護送車が到着した時点でも鍵谷らは気絶していたが、県警の警察官が担《かつ》いで乗せた。

畑中は、別荘玄関の軒下で現場の責任者らしき私服の警察官と話している。

木原信也探偵事務所を調べていたところ、山梨県にある別荘に里村知事が拉致されている可能性があるという、内部告発による情報を得たと説明しているはずだ。畑中は地元警察に情報を確認してから連絡するつもりが、別荘前でいきなり襲撃されたことになっている。茅野の山荘を調べていた早川のことは言っていない。彼らの捜査は空振りに終わっていることもあるが、話がややこしくなるからだ。

神谷と黒井はバラクラバを被っていたので、畑中が踏み込んだと言われれば鍵谷らは反論しようがないだろう。黒井が倒した男たちも確認したが、二人とも顔面を強打されて昏倒していた。六人とも脳震盪《のうしんとう》を起こしているので、前後の記憶も失っている可能性はある。

これまで神谷は様々な事件で犯人を制圧し、それを畑中が何度も処理してきた。結果的に自分の手柄となっている。そのため、畑中も誤魔化《ごまか》すのが上手くなっているようだ。犯人に対処したのは、楢林と山下ということになった。

パトカーの中で三十分ほど、楢林らと打ち合わせすることができた。二人とも三十代半ばと若いが警部補だそうだ。神谷と黒井がどう対処したか、二人には詳しく説明してある。もっとも黒井は神谷に話すと現場を立ち去った。いつものごとく、事件に関わったことを知られたくないからであるが、畑中には名前は伏せて協力者がいたことを伝えてある。

銃の腕は楢林が上手いらしいので、神谷の役を彼がすることになった。楢林は別荘のコンクリートの外壁にクッションを置いて自分の銃で撃ち、跳ね返ってクッションに残った弾頭を取り出している。リビングにその弾頭と空になった薬莢《やっきょう》も物証として残した。

神谷は自分が撃った弾頭と薬莢も回収しているため、証拠を残す必要があったからだ。また、使用した銃は、神谷が鍵谷の手元に戻しておいた。鍵谷は気を失っているので、その間使用されたことを知る由もない。

サイレンが聞こえてきた。県警本部の刑事部の刑事と鑑識課の職員がやってきたのだろう。

新たに現れたパトカーから胸にＰＯＬＩＣＥと書かれたレインコートを着た四人の男たちが降りる。その後ろに停められたバンからは数人のブルーのレインパーカー着た警察官が現れた。鑑識課の職員だろう。

北杜警察署の警察官が一斉に男たちに敬礼した。

本部の刑事らしき男が畑中に会釈すると、畑中はまた説明をはじめたようだ。

「それにしても、飛び込みながら銃撃犯の銃だけ撃つって、どういう訓練したらできるんですか？　神谷さんはSAT出身と聞いていますけど、我々のような一般の刑事は銃撃訓練も頻繁《ひんぱん》にできませんから、そこまで上達するのは不可能です。ありのままを報告書にはとても書けませんよ。腕を狙ったら銃に当たったと書いておきます」

運転席の楢林がバックミラー越しに尋ねた。

「コツは飛んで落下する前に撃つことだ。体が落下をはじめると、銃口を上げなければならない。それじゃ、どんなに標的が近くても当たらないんだ。もし、落下する状況になったら、体を水平、ないしは仰向《あおむ》けにして標的に銃口を向ける。要は銃口を水平か下げる形にすればいいんだ。落ちた瞬間も背中で受け身が取れる」

神谷は簡単に説明したが、これは何度も実弾訓練を行なった経験があるから言えることである。当然、民間航空機の機内を想定した訓練もあった。座席が並ぶ狭い空間でいかに犯人に当てるのかというものだ。

スカイマーシャルが使うフランジブル弾は、人体は貫通するが、飛行機の壁を破壊することはできない構造になっている。だからといって無闇に撃つことはできない。機内に持ち込める銃弾の数は限られているからだ。銃撃戦になった場合、座席からはみ出す犯人の手や頭などにピンポイントで確実に命中させる腕前が要求される。

「なるほど。銃口を上げて命中させるのは難しいですよね。グリップは絞り込んでこそ、命中率が上がりますから」

檜林は両手で銃を持つ格好をして大きく頷いた。

「失礼ですが、現役時代、民間機に乗って仕事をされていましたか？」

二人のやり取りを聞いていた山下が、尋ねてきた。スカイマーシャルだったかと聞いているのだ。対テロのスペシャリストは、ＳＡＴから選び抜かれたスカイマーシャルだからである。

「守秘義務があるからな。畑中にも経歴は教えていない」

神谷は苦笑した。否定するつもりはないが、肯定《こうてい》もできない。まあ、肯定したようなものだが。

「そうですよね。だけど、神谷さんが辞めたのは、警察にとって大損害ですよ」

山下も苦笑いをした。

「本当にそう思います」

檜林は真面目な顔で相槌を打った。

「辞めたからこそ、自由な捜査ができると実感している。通常の手続きを踏んでいたら、ホシを挙げることはできなかった」

神谷は小さく首を振った。９１１代理店やこころ探偵事務所やＡＳＬＯＯＫ警備保障、それに今回は黒井の協力がなければ、ここまで来ることは到底できなかっただろう。

畑中が覆面パトカーに近づき、窓ガラスを叩いた。

「すまないが、協力してくれ。おまえのことは元警察官で現在は警視庁認可アドバイザーであり、情報屋も兼《か》ねていると説明してある」

畑中が「すまない」と右手を前に上げた。

神谷は車を降りて、畑中と共に別荘の軒下に行った。

「私は山梨県警の刑事部長唐島智治《からしまともはる》です。畑中係長から、情報源はあなただと聞きましたが、詳しくお話ししていただけますか。調書を作るのに必要ですので」

唐島は慇懃《いんぎん》に頭を下げた。殺人事件とはいえ、初動捜査に刑事部部長が現れるのは異例だろう。隣県の県知事が殺害されたので気合が入っているようだ。

「犯人は全員、東京に事務所を置く木原信也探偵事務所の社員です。私の使っている情報屋が木原信也探偵事務所の社員である内田健太から得た情報です。内田は、今回の事件に一切関わりはありませんが、証言すると言っているようです」

神谷は淀みなく答えた。

今回の事件が公《おおやけ》になれば、組織的犯行であるため、木原信也探偵事務所は必ず潰れるだろう。木龍は内田に直接会って、身の安全と退社後の就職先も補償したらしい。

「了解しました。ご連絡先を教えていただければ、いつでもお帰りください」

唐島の言葉に神谷は名刺を渡した。

「それでは、我々は失礼します。出過ぎた真似をしましたが、警視庁はいつでも協力を惜しみません」

畑中は唐島を労《ねぎら》って、パトカーに向かった。係長ともなれば、外交辞令もうまくなるものだ。

「手間を取らせたな」

神谷は畑中と並んで言った。

「おまえから声が掛かるといつもこの調子だ。いくつ体があっても足りないぞ」

畑中が大きな溜息を吐いた。

4・四月二日AM5：55

四月二日、午前五時五十五分。911代理店。

神谷はいつものようにトレーニングジムである二〇六号室のドアを開けた。

長野の爆弾テロ事件及び長野県知事殺害事件は、三月十七日に山梨県の小淵沢にある別荘で六人の犯人を全員逮捕したことで終了している。

今回も手柄は畑中に渡すことになった。だが、911代理店にとっては警視庁にまた貸しができたので、損はない。

「むっ！」

照明のスイッチを押そうとした神谷は、眉を吊り上げて身構えた。ランニングマシンが稼働している音がするのだ。

「すまない。照明を点けても構わないぞ」

っているようだ。

暗闇から黒井の声が響く。出入口から一番遠い場所に置いてあるランニングマシンを使

「なんで、照明を点けずに走っているんだ？」

照明を点けた神谷は首を振った。

「人間は暗闇では平衡《へいこう》感覚をなくす。だから、暗闇でもトップスピードで走れるようにすれば感覚は研《と》ぎ澄《す》まされる。単純に夜目が利くだけじゃだめなんだ。騙されたと思ってやってみるといい」

黒井は走りながら答えた。

神谷は小淵沢の別荘から、畑中の覆面パトカーで東京に帰った。黒井は先にジムニーで会社に戻っており、翌日副知事の大谷を長野に送り届けた。二週間ほど大谷の警護を務めていたが、安全が確認されたとして知事との契約を打ち切ったという。だが、黒井は行く当てがないと言って、911代理店に戻ってきた。岡村は事件の解決に協力してくれた礼だと、二〇一号室を使う許可を与えたのだ。黒井は長野に隠れ家を持っているので、東京にも拠点が欲しいのだろう。

ドアが開き、トレーニングウェアを着た沙羅《さら》が入ってきた。

「おはよう」

神谷はストレッチをしながら挨拶をした。

「おはようございます。あっ。黒井さん、おはようございます」

黒井に気が付いた沙羅が、丁寧に頭を下げた。

「沙羅ちゃん、おはよう」

黒井が柄にもなく、優しい声で答える。

「いつまでここにいるんだ？」

神谷はチェストプレスの座面に座りながら尋ねた。いつもはランニングからはじめるのだが、ランニングマシンが二台だけなので沙羅に譲ったのだ。

「岡村さんは、ゆっくりしなさいと言ってくれたぞ。もっとも知事選が気になるので、そろそろ長野に戻る」

黒井は走りながら臆面《おくめん》もなく答えた。知事が亡くなったため、八月に予定されていた知事選は、三ヶ月も前倒しになっている。

「知事選が終わったら、また戻ってくるのか？」

神谷は肩甲骨《けんこうこつ》を背中側に寄せて胸を張り、肘を引く。次に肩甲骨を寄せたまま左右のアームバーをゆっくりと押し出した。チェストプレスの重さは五十キロにしてある。昨年の夏までは三十五キロだったが、徐々に増やしたのだ。

「そのつもりだ」

黒井は平然と答えた。

「えっ。そうなんですか。だったら、社員になったらいいのに」

沙羅は軽いストレッチをしながら言った。珍しく黒井に警戒心はないようだ。

「一緒に探偵課をやるか？」

神谷は冗談半分で尋ねた。

黒井は真面目な顔で首を傾げている。普段は一匹狼《いっぴきおおかみ》で、仕事以外では山で修行をしているという。コンクリートジャングルの東京で落ち着ける訳がない。

「悪くないな」

「冗談はさておき、長野の事件はどうもすっきりしない。何かそっちで情報はないのか？」

神谷は息を吐き出しながらアームバーを動かす。

小淵沢の別荘で六人の犯人を逮捕し、それを受けて警視庁は社長である木原信也探偵事務所の家宅捜査を行ない、社長をはじめとした幹部の事情聴取を行なっている。だが、彼らはいずれも黙秘を貫いており、副知事を狙った経緯や知事を殺害した動機すら分かっていない。むろん、木原信也が単独で今回の事件を企んだとは思えない。彼らにとって長野県知事の殺害は何のメリットもないはずだからだ。

「俺も気持ちが悪いと思っている。甲信越の修験道と連絡を取り合っているが、情報は何も入ってこない」

黒井はスピードを落とさずに答えた。

「こっちも玲奈が情報を集めているが、未だにヒットしない。犯行の主体と思っていた人物が、殺されてしまったしな」

神谷は呼吸とともに溜息を吐いた。

一時間後、三人はジムを出て三階の食堂兼娯楽室に向かった。沙羅は最近まで三、四十分で切り上げてシャワーを浴びてから食事にしていたが、今ではしっかりと一時間汗を流すようになっている。

「今日はサバの味噌煮か、いいね」

黒井がカウンターに並べてあるおかずを見て、喜んでいる。

神谷はテレビを点けた。七時のニュースを見るのが日課なのだ。

――JR長野駅前から中継です。知事選に立候補予定の元〝ニャンニャンクラブ〟の松《まつ》岡《おか》絵《え》梨《り》花《か》さんが演説をされています。ご実家が須《す》坂《ざか》市にあるということで、選挙では台風の目になることは確実とされています。

長野駅前で男性リポーターが中継をしている。

「公示前なのに、もう選挙運動をしているのか」

神谷はニュースを見ながらテーブルに料理を並べた。

「自由民権党らしいな。知事候補に元芸能人を当ててきたのか。政治の『せ』の字も知らない素人を知名度だけで対抗させるなんて、下の下だな。どれだけ国民を馬鹿にしているんだ」

黒井が鋭い舌打ちをした。珍しく感情を露《あら》わにしている。よほど腹立たしいのだろう。

「仕方ないだろう。元芸能人に安易に票を入れる有権者が多いことも事実だ」

神谷は溜息を漏らした

松岡は二十年以上前に解散したアイドルユニットである〝ニャンニャンクラブ〟のメンバーだった。未だにファンが大勢いるらしく、三年前に番組企画で再結成して行なわれたコンサートでは、一万人のファンが詰めかけたという。政治活動はしていなかったが介護士の免許を持っているため、自由民権党が目を付けたらしい。

——里村知事は、謂《いわ》れなき暴力に倒れました。しかし、皆さん、これでいいのでしょうか？ 政治が暴力に負けてはいけないのです。自由民権党の政治は、正義に基《もと》づいて行なわれています。長野県に正義を行使しようではありませんか。次の長野県知事選は、弔《とむら》い合戦になるのです。

松岡はマイクを握りしめて絶叫《ぜっきょう》している。少々芝居《しばい》がかっているが、人前に立つことに慣れているせいかなかなか上手い演説だ。今年で四十五歳になるが、元アイドルだけに美《び》貌《ぼう》は保っている。弁が立ち、美人ならある意味無敵かもしれない。

「歯の浮くような台詞《せりふ》だが、誰かに考えてもらったんだろうな」

黒井は鼻先で笑った。

「そうか！ 『弔い合戦』が目的だったんだ」

神谷は手を叩いた。

「どういうことだ？」

黒井が首を捻った。

「ゴシップに塗《まみ》れた里村知事は、自由民権党にとって賞味期限切れのお荷物だった。大谷副知事が立候補すれば、落選しただろう。だからと言って彼を引退させて候補を立てても大谷副知事に勝てるかは微妙な線だ。まして、彼が真田《さなだ》家の直系だと分かったら勝てる見込みはない。一発逆転を狙うのに最大の効果は『弔い合戦』なんだよ。死者を弔うのは日本人として尊《とうと》いことだからだ」

神谷は拳を握りしめた。副知事を狙ったのは、知事を暗殺する伏線だったかもしれない。あるいは当初の予定を変更し、知事を抹殺《まっさつ》して元芸能人の立候補というパワーゲームに転じた可能性もある。もっとも、大谷は立候補の腹は固めたが、先祖を利用するのは良くないという理由で真田家直系ということは公表しないと言っている。

「そういうことか」

黒井は渋い表情になった。

「松岡絵梨花の身辺を洗うぞ」

神谷の言葉に黒井は右拳を上げた。

5・四月十二日PM6：40

四月十二日、午後六時四十分、長野市、〝ホテル裾花《すそばな》〟。

ブラックスーツに蝶ネクタイをした神谷は、フロントに立っていた。

「予約した片岡《かたおか》です」

フロントに夫婦らしき客が現れた。

「いらっしゃいませ。片岡様、ご夫婦でご宿泊ですね。ご予約確認いたしました。宿泊カードにご記入をお願いします」

神谷は笑顔で宿泊カードを客に渡した。

〝ホテル裾花〟は、長野市を南北に流れる裾花川のほとりにあるホテルで、松岡絵梨花の定宿となっている。JR長野駅から離れており、少々交通の便は悪い。宿泊客は、車を利用する客がほとんどだ。だが、川を見下ろす緑に囲まれたホテルは春ともなれば桜の花に、秋は紅葉で彩られるというロケーションで人気がある。

岡村は〝ホテル裾花〟のオーナーである炭谷晃一《すみたにこういち》に直接交渉し、捜査協力を求めた。岡村は、これまで911代理店が警視庁に協力しながらM委員会の悪事を暴いてきたことを説明した。炭谷は気骨のある男で、岡村の話に納得し、協力を約束してくれたのだ。

一週間前から神谷がホテルマンとして潜入し、貝田、外山、尾形が監視サポートのためにホテルの一室を借りて活動している。

片岡の妻が宿泊カードに記入し、神谷に返した。

「モーニングは一階のレストラン〝ケヤキ〟で午前八時からとなっております。ご利用の際は、こちらのお食事券をご利用ください」

神谷は部屋のカードキーと朝食の食事券を夫婦に渡した。

仕事は、ホテルのフロントマンからみっちり仕込まれている。フロントには六日前から立っており、米国やフランスの観光客にも対応できたので正社員にならないかと言われてしまった。神谷らが潜入していることを知っているのは、炭谷と彼の息子である支配人炭谷雅人《まさと》だけである。

「いらっしゃいませ」

神谷はフロントの前を通り過ぎる、紙袋を手にした中年の男に会釈した。

男は軽く頷くと、エレベーターホールに向かう。自由民権党の国会議員である野田鉄郎《のだてつろう》である。自由民権党の古株で今年七十八歳になる。長野が選挙区で大臣経験者ということもあり、松岡の応援に長野入りしているのだ。普段は議員宿舎に住んでいるが、市内に豪邸を持っていた。

普段から失言が多く、政治家としての資質に欠けると言われている。だが、長年政界で生きてきただけに政財界のパイプが強力なため、政府の要職に就いてきた曰《いわ》く付きの人物なのだ。

数日前に若いフロントマンがうっかり野田を呼び止めたら、同行していた秘書が怒鳴《どな》り散らした。外見はどこにでもいる年寄りなのだ。気が付かなくても無理はない。野田はどこでもそんな調子で顔パスになっているのだろう。

「すみません。ちょっと外します」

神谷は他のフロントマンに頼むと、非常階段で二階に上がった。廊下を走り、二〇五号室のドアをカードキーで開けて入った。

「お疲れ様」

壁際に置かれているテーブルのノートPCを見ている尾形が、にこりと笑った。

「野田が三階に到着しましたよ」

尾形の隣りに座っている外山が別のノートPCを見ながら呟いた。

彼らは、ホテル内の防犯カメラと松岡が宿泊している三〇九号室に仕掛けた監視カメラの映像で張り込みをしているのだ。また、防犯カメラの死角となる場所は、客を装《よそお》って隠しカメラで撮影する。もちろん違法行為に当たるのでホテル側には言っていない。オーナーから極秘に許可を得ているが、廊下とラウンジ、それにレストランでの盗撮だけである。

尾形らは貝田と交代でノートPCの映像を見ているのだが、貝田はベッドで大の字に寝ている。彼は夜間の担当になっているからだが、夜間の監視が必要かは疑問だ。

張り込みを始めてまだ一週間だが、ホテルでの松岡の監視を911代理店が受け持ち、ホテルの外は黒井と彼が呼び寄せた三人の修験道仲間が受け持っている。その内の一人が伊奥《いおく》で、他の二人は紹介されていない。彼らは隠密《おんみつ》の活動に慣れているようだが、それだけに身元を知られたくないそうだ。

早川に監視活動のことは知らせてあるが、長野県警は一切関与していない。早川も見て見ぬ振りをしているのだ。

「野田が三〇九号室に入ります」

外山が興奮した様子で言った。張り込みを始めてから野田が一人で松岡の部屋に入るのは、はじめてなのだ。

「おしいな」

尾形は舌打ちをした。野田が部屋に入るところは、映像に収められたが、松岡が顔を見せなかったのだ。

「松岡が部屋から出てくる映像を押さえればいいんですよ」

神谷は自分に言い聞かせるように言った。防犯カメラの映像は定点なので、時刻が変わったとしても場所の特定はできる。

――野田先生、いつもすみません。

盗聴器の音声が、尾形のノートPCから流れる。

――党から搾《しぼ》り取ってきたぞ。選挙で出し惜しみはいけない。存分に使いなさい。

野田は紙袋から菓子折りを出して松岡に渡した。

――五百万も！　凄いですね。

松岡が菓子折りを開けて、札束の数に驚いている。

――選挙戦に突入したら、菓子折りをもう一つ持ってくるよ。

野田は低声で笑った。

――本当ですか！

――知事になれば、億単位で儲《もう》けてもらう。政治は金だ。まずは、それを覚えてもらう。よろしく頼むよ
「凄い！　これはスクープだ」

外山が興奮している。

「この映像も音声も使えないから」

神谷は苦笑した。盗聴盗撮器の設置自体違法なのだ。裁判では使えない。外部に漏らせば、ホテルに迷惑を掛けるだけだ。

「証拠として使えないこともありますが、贈与だけでは、単純な選挙違反で終わってしまいますね」

尾形は不満げに言った。彼は冷静に分析しているようだ。

「それじゃ、どんな証拠ならいいんですか？」

悔しげな表情をした外山が、振り返って尋ねた。

「野田と木原探偵事務所の関係をはっきりさせることだよ」

神谷は険しい表情で答えた。松岡を選挙違反で逮捕できたとしてもそれはトカゲの尻尾に過ぎないのだ。そもそも、事件のことを彼女は何も知らないはずだ。

——先生。例の探偵事務所のことでニュースになっていますが、私に累は及びませんよね。

松岡が紙袋に札束を戻しながら尋ねた。

「おっと」

神谷は右眉を吊り上げた。松岡は裏事情も知っているらしい。

——心配しなくていい。あの探偵事務所には不測の事態に備えて日頃から便宜《べんぎ》を図ってやっていた。裏切るわけがない。

野田は太い声で笑った。

「こいつは、やり方を変えた方が良さそうだな」

眉間に皺を寄せた神谷は拳を握り、指の関節を鳴らした。

6・四月十五日PM7：40

四月十五日、午後七時四十分。

ダークスーツを着て銀フレームの眼鏡を掛けた神谷は、外堀《そとぼり》通りでタクシーを降りた。朝から天気が悪かったが、日が暮れてからは本降りになっている。気温は十三度と肌寒さは感じるが、長野のように防寒着はいらない。

傘を差して路地に入り、交差点で左に折れて赤坂《あかさか》みすじ通りに進む。

長野での松岡の監視は、十二日に止めて東京に引き上げている。彼女は街頭演説や支持者との懇談会《こんだんかい》など、外出先では隙を見せない。だからといってホテル内での盗撮盗聴で得られた情報は裁判では使えないのである。

また、ホテル内の防犯カメラと仕掛けてきた盗聴盗撮器はインターネット経由で会社から監視することが可能なので、現地に留まる理由もなかったのだ。

二百メートルほど先で右折し、二つ目の雑居ビルのエレベーターに乗って三階で下りる。正面に〝クラブ・夏草《なつくさ》〟と彫り込まれたプレートがある黒塗りのドアがある。

「ほお」

神谷は感心しながらもドアを開けて中に入った。

間接照明が、整然と並んだボックスシート席を照らし出し、奥に本格的なバーカウンターがある。ボックスシートと言っても肩ほどの高さなので圧迫感はない。客は三組ほどでそれぞれにドレスを着たホステスが付いていた。

バーカウンターには、蝶ネクタイをしたバーテンダーがカクテルを作っている。また、フロアーには同じく蝶ネクタイをしたボーイが働いていた。

「いらっしゃいませ。あら、神谷さん。お久しぶり。どうぞ、こちらへ」

ドア口に立っていたロングドレスの美人が、親しげに話しかけてきた。

「……どうも」

神谷は戸惑いながらも、女性に従う。奥の壁際のボックスシートに案内される。

「ご足労をお掛けしました。どうぞ、お掛けください」

ボックスシートに座っていた木龍が、立ち上がって慇懃に挨拶した。

「たった二日間でできた店とは思えない。それに彼女は初対面だよな」

神谷は木龍の正面に座り、彼の隣りに腰を下ろした先ほどの女性に軽く会釈した。

「神谷さんはお伺いしていた通りのいい男ですから、すぐに分かりました。この店の常連という設定なので、無礼な振る舞いはお許しください。当店のママをしております。橋下可奈です」

橋下は頭を下げると、笑みを浮かべた。

「なるほど」

神谷も頭を下げた。溢《あふ》れ出す大人の色香に少々心拍数が上がったようだ。

「この店は三ヶ月前に潰れているんです。オーナーとは顔見知りでしてね。お年ということもありましたが、借金を私が肩代わりし、店はそのまま権利ごと貰い受けました。店内を掃除しただけで、看板もそのままです。手間は掛かっていません。従業員はママも含めて、信頼できる人材をうちが関係している新宿の店から掻き集めました」

木龍は淡々と説明した。一昨日、長野を出る前に捜査上の作戦で、顔見知りの店を使えないかと頼んだのだ。

「いや、歌舞伎町界隈の店を貸切にすればすむと、簡単に思っていたんだ」

神谷は店内を見回して苦笑した。

「ここなら、何が起こっても迷惑が掛かりません。既存の店ですと、何かあると修理だけならともかく、店の看板に傷が付くと困りますから」

木龍はじろりと神谷を見た。

「なるほど。迷惑を掛けた」

神谷は頭を下げた。

「頭を上げてください。神谷さんの頼みを断れる訳がないじゃないですか」

木龍は両手を左右に振った。

「この店本当にいいですよね。たった一日で潰すなんてもったいないですわ。木龍さん、このまま続けては駄目ですか？」

橋下は木龍の顔を覗き込んで微笑んだ。新宿切っての強面に笑いかけるのだから、橋下は相当な強者らしい。

「まあ、考えておこう。赤坂の一等地にある店を遊ばせておくわけにはいかないからな」

木龍は渋い表情で顔を引き攣《つ》らせた。笑ったのだ。

「それにしても、開店初日で、お客さんが入っているとはさすがだ」

神谷は他の客を見て言った。サラリーマンらしき客が多い。閉店する前からの常連かもしれない。笑い声が各テーブルから聞こえる。ホステスはいずれも美人で、客を盛り上げるのがうまいのかもしれない。

「客は全員、身内です」

木龍がふんと鼻息を漏らした。

「昨日もリハーサルを兼ねて、来ていただいています」

橋下が手を二回叩いた。途端に店内は静まり返った。客は心龍会の組員らしい。誰もヤクザには見えない。上手く化《ば》けたものだ。

「私の合図で、動き出します。今のは『待機』です」

橋下は真面目な顔で言った。

「そろそろ時間です。私は失礼します」

木龍が立ち上がって顔を歪ませた。これも笑顔なのだ。

「先方が来るといけませんから、神谷さんはそのままで。私がお見送りします」

橋下は木龍の腕を取って、親しげに店を出て行った。エレベーターホールか、あるいは一階のビルの出入口まで送るのだろう。

数分後、橋下が店に戻ってくると、店内はもとの和やかなムードになった。というか、ホステスも客に扮《ふん》した連中も演技に入ったのだ。

午後八時を二分ほど過ぎたところで出入口ドアが開き、二人の男が入ってきた。木原信也と岸田雅弘である。彼らは実在する野田の私設秘書である日高尚樹《ひだかなおき》だと偽《いつわ》って呼び出したのだ。

野田には秘書が四人おり、尾形に扮装させるつもりだった。だが、野田のボディーガードをしている私設秘書の日高の外見が神谷に似ているのだ。歩き方や髪型などの特徴は研究してきた。情報では普段は滅多に口を開かないそうだ。ボディーガードに徹しているからだろう。木原らが日高の呼び出しに応じた時点で、野田と関わりがあるということだ。

本物の日高は、事前に拉致して木龍に預けてある。玲奈の指示で、日高に本の一節を読ませて声のサンプリングを取ったそうだ。玲奈の作製したボイスチェンジャーアプリを使うと、誰でも他人の声で話せるという。まだ、開発中のようだが、そのアプリで日高の声で話せるようになるらしい。だが、あくまでもスマートフォンのアプリなので、電話ならともかく対面での会話では使えない。

橋下が木原らを神谷のテーブル席に案内してきた。

「ご連絡した日高です。挨拶は抜きにして、本題に入りましょう」

神谷は橋下に飲み物を用意させると、誰もボックスに近寄らないように言った。

「どうして野田先生が直接話されないんですか？」

シートに座った木原は、興奮した様子で尋ねた。神谷に疑いを持っていないようだ。もっとも店内の薄暗さも手伝っている。木原は警察に目を付けられているにもかかわらず、呼びつけられて腹を立てているのだろう。

「それは、あなたたちがミスをしたからです。しかし、私は野田先生の非情な言動に思うところがあり、あなた方に情報を提供することにしました。隠し撮りした動画をご覧ください」

神谷は自分のスマートフォンを出し、二人に向けて動画を再生させた。

――まったく、木原にはがっかりだ。信頼してきたのに六人も捕まりやがって。何て間抜けなんだ。ほっとけば、いずれ私のこともバラすに違いない。あいつらの口を永遠に塞いで貰えないか？

映像は密室で、誰かの肩越しに野田が隠し撮りされている映像である。だが、これは玲奈がAIで生成した偽映像で、〝ディープフェイク〟と呼ばれるものである。

玲奈がストーリーを入力し、野田の演説や講演会で録画された映像からAIがサンプリングして、映像だけでなく声まで合成した映像だ。スマートフォンで再生するだけなら、

〝ディープフェイク〟とバレることはないと玲奈は言っていた。実際、神谷もはじめて見せられて驚愕した。

「何！　野田の野郎！」

木原は拳を握りしめ、眉間に皺を寄せて岸田と顔を見合わせた。

「私はこの場にいませんでした。野田が話しかけている人物が分かりますか？」

神谷は映像を一時停止させて尋ねた。

「野田から自由民権党に裏組織があるとは聞いている。我々のような実行部隊ではなく、自由民権党すら動かす力があるらしい。極秘組織だからさすがに野田は詳しくは話さなかった」

木原は首を横に振った。

「あなたたちの身が危険です。国外に逃げてください」

神谷はスマートフォンをポケットに仕舞うと、身を乗り出して言った。木原は裏切られたと思い、警察に自首するだろう。

「国外に逃げる必要がありますか？　我々は遠からず、殺されます。野田から裏組織のことを直接聞きましょう」

木原は不敵に笑うと、右手を自分の首の前で横に振った。殺すという意味である。

「それなら、私に同行させてください。私も先生には積年の恨みがありますので」

神谷はテーブル越しに右手を伸ばした。

「分かった。一蓮托生《いちれんたくしょう》だな」

木原は神谷の手を取って握手をした。

7・四月十六日PM8：50

四月十六日、午後八時五十分。

神谷は長野市西部にある林檎《りんご》園の前を通る道路の真ん中に立っていた。

気温は五度。林檎園から吹き付ける風が、さらに体温を下げる。ここまで送ってくれた黒井は、近くで待機している。

二台の黒塗りのベンツが、神谷の前で停まった。

一台目のベンツの後部座席から木原が降りてきた。暗いので車内はよく見えないが、数人の手下を連れてきたようだ。

昨夜、赤坂のクラブで木原と長野市にある野田の自宅近くで待ち合わせをしたのだ。神谷が立っている場所から二百メートルほど北東の林檎園の外れに、敷地面積が七百坪の豪邸がある。野田邸に入る手引きをすることになっていた。

「早いな」

神谷は木原の前に立った。

「あんたも早いじゃないか？　ここまでどうやってきたんだ？」

木原は周囲を見回して首を傾げた。

「駅からタクシーで来た。野田の在宅は確認してある。予定通り、九時に家に行くと伝えた」

神谷は声を潜めて言った。周囲に民家はないが、風の音だけで辺りは恐ろしく静まり返っているのだ。野田とはボイスチェンジャーを使って日高になり切って会話をしている。昨夜連絡が取れなかったことを咎められたが、木原に呼び出されて電話に出られなかったと言ってある。

「乗ってくれ」

木原は後部ドアを開けた。

「遠慮なく」

神谷が後部座席に座ると、木原も乗り込んでドアを閉めた。助手席には岸田が座っており、神谷に軽く会釈してきた。

「あんたは野田の自宅の玄関を開けてくれればいい。後は我々がする。邪魔だから家の外で待っていろ」

木原はドスの利いた声で言った。

「そうさせてもらいます」

神谷は軽く右手を上げて答えた。

二台のベンツは二百メートル先の野田の屋敷前に停まった。周囲は高さ一メートル六十センチほどの大谷石《おおやいし》の塀に囲まれている。

車を降りた神谷は、門柱のインターホンの呼び出しボタンを押すと、木原らに見られないようにスマートフォンを出してボイスチェンジャーアプリを立ち上げた。

「日高です。門扉《もんぴ》を開けていただけますか」

神谷はスマートフォン越しに小声で話した。するとスマートフォンから日高の声が発せられる。

――入れ。

野田の返事と共に門扉が開いた。

「玄関は開いているはずだ」

神谷は後ろに下がって言った。

「確認しろ。鍵が掛けられていたら話にならない」

木原が窓を開けて怒鳴った。

「分かった」

神谷は十メートル先の玄関まで走り、引き戸が開いているか確認した。鍵は掛かっていない。五センチほど開けて門まで走って戻った。

「開いていたぞ」

神谷の言葉を待たずに二台のベンツが敷地内に突入し、玄関前に止まった。一斉にドアが開くと木原を先頭に飛び出し、六人の男たちが玄関の左右に分かれた。

「行くぞ！」

木原が雄叫《おたけ》びを上げて玄関から突入する。

銃声！

木原が玄関から勢いよく弾き飛ばされた。野田に猟銃で撃たれたのだ。

神谷は野田に木原が手下を連れて襲撃に行くと連絡を入れておいた。むろん殺害目的だと念を押しておいたのだ。

「くそっ！」

岸田は懐から銃を抜くと、手下たちも特殊警棒やナイフを握りしめた。

神谷は屋敷から出ると、道を渡って走った。

それを合図に林檎園に隠れていた大勢の機動隊員が現れ、屋敷を取り囲む。さらに暗闇から、突然サイレンを鳴らしながら、二台の覆面パトカーを先頭に五台のパトカーが門前に停まった。

野田の私邸で乱闘騒ぎが起きる可能性があると、畑中と早川に日高から通報があったことにしてある。実際、神谷はボイスチェンジャーで二人に連絡を取り、通話を録音するように指示しておいた。警視庁からは畑中が七名の部下を連れてやってきた。県警も刑事部の刑事と機動隊も参加させて密かに待機していたのだ。

パトカーから降りてきた畑中が、メガホン型の拡声器を手に門前に立った。

「この屋敷は県警の機動隊に包囲されている。無駄な抵抗は止めろ！」

畑中は拡声器で怒鳴った。

神谷は道路と反対側にある林檎園を突っ切り、農道に停めてあるジムニーまで走った。

「まるでB級映画のようにベタな台詞だな」

ジムニーの傍らに立っていた黒井が笑った。

「あいつは不器用なんだ」

黒井の隣りに立った神谷も振り返って苦笑した。

「死人が出たんじゃないのか？」

黒井は銃声を気にしているらしい。

「野田は木原の胸を散弾銃で撃った。顔面なら即死だったな。木原は防弾かどうかは知らないがボディアーマーを服の下に着ていたようだ。肋骨《ろっこつ》は折ったかもしれないが命は助かるだろう。多分な」

神谷は撃たれるところを直接見ていないが、木原がやけに着膨《きぶく》れしていたのを知っている。ボディアーマーを身に着けていたと思っているが、単に防寒着を着ていただけかもしれない。

野田が地元の猟友会のメンバーということは知っていたが、まさか猟銃を出すとは思わなかった。警察には正当防衛と言うつもりだろうが、撃った相手が木原では爆弾テロ事件など探偵事務所と関わりがあったと言っているようなものだ。

「死人が出たら気まずいからな。だが、事件はこれで解決したな」

黒井は小さく頷いた。

「全容が解明されるかは疑問だが。とりあえず打ち上げをする価値はあるだろう。帰るぞ」

神谷はジムニーの助手席に乗った。

エピローグ

四月二十五日、午後七時四十分。911代理店。

食堂兼娯楽室に神谷《かみや》、岡村《おかむら》、貝田《かいだ》、外山《とやま》、尾形《おがた》、それに黒井《くろい》の顔もある。

食卓テーブルには、寿司《すし》や鶏の唐揚げやローストビーフなどのご馳走が並んでいた。

長野県の爆弾テロ事件、および知事殺害事件解決の打ち上げを遅まきながら行なうことになったのだ。

「畑中《はたなか》があと数分で来ることになっている。それと玲奈《れいな》はどうするのかな」

神谷は部屋の時計を見て言った。

木龍《きりゅう》にも声を掛けたが、畑中が来るならと遠慮した。〝こころ探偵事務所〟の奥山《おくやま》らにも連絡したが、同じ理由で断られている。玲奈は大勢集まる場所は苦手なので、来ないかもしれない。

四月十六日に木原《きはら》は野田《のだ》の自宅を襲撃した。その際、野田は猟銃で木原を撃ったが、防刃のプロテクターを着用していたので、一命は取り留めている。その場にいた木原と岸田《きしだ》、それに四人の部下は、長野県警に逮捕された。また、猟銃を撃った野田も殺人未遂で現行犯逮捕されている。裁判となれば、木原も銃を所持していたので、過剰防衛という判断になるかもしれない。

もっとも、木原や岸田は積極的に自白しているらしいので、事件の解明も遠からず訪れるだろう。むろん野田も様々な罪に問われることになる。木原が襲撃したきっかけは日高《ひだか》に扮した神谷によるものだ。

また、野田が逮捕されたことで、松岡《まつおか》は急遽東京に戻り、鳴りを潜めている。彼女もいつ逮捕されるのか分からないので、選挙運動どころではなくなったのだ。

日高本人は、事件前に自首したことにして罪の軽減を図ることを条件に、神谷がとった行動は自分であると証言している。

玄関のインターホンが鳴った。

神谷は厨房にあるモニターを見た。畑中が監視カメラに向かって手を振っている。

「どうぞ。勝手に上がってくれ」

神谷はモニター下のボタンを押して玄関のロックを解除した。

「いやあ、どうもみなさん」

畑中が機嫌良く食堂兼娯楽室に入ってきた。事件の締めくくりとも言える野田邸捜査の陣頭指揮を執ったのだ。機嫌が悪いはずがない。

「玲奈くんはまだ来ていないが、とりあえず、乾杯しようか」

岡村がグラスにビールを注いだ。

「そうですね。今のうちに飲んで食っちゃいましょう」

貝田は立ち上がると、仲間のグラスにビールを注ぐ。

「お疲れ」

神谷は黒井と畑中のグラスにビールを注いだ。

「それにしても、大谷《おおたに》さんのことはちょっと残念だったな」

黒井が今度はビール瓶を手にして首を振った。

大谷から預かっていた家系図が偽物《にせもの》だと分かった。〝ミュゼ〟の館長に鑑定を依頼していたのだが、昨日、大学の研究所から台紙は古紙には違いないが、百年も経っておらず、顔料は現在のものだと解析結果が送られてきたのだ。

大谷は蔵に誰かが侵入した形跡があると言っていたので、家系図も誰かが持ち込んだのだろう。木原の証言でいずれ明るみに出るに違いない。おそらく、大谷が選挙運動で自分は真田《さなだ》家の直系だと言った途《と》端《たん》に、知事側が偽物だと言って貶《おとし》めることが目的だったはずだ。長野県では真田家に人気がある分、それが嘘となれば評判はガタ落ちである。

「まあ、大谷さん本人が使うつもりもなかったから実害はなかったがな」

神谷は笑って答えた。

「いや、奥さんが公表するつもりだったらしいぞ。危なかった」

黒井は肩を竦めた。

食堂兼娯楽室のドアがいきなり開いた。

「ええっ！」

振り返った貝田が悲鳴を上げた。玲奈が入ってきたのだ。貝田だけでなく、外山や尾形も唖然としている。

「何が『ええっ！』だ」

玲奈は貝田を睨みつけると、神谷の傍に立った。

「お疲れさん」

神谷は笑顔で玲奈にグラスを渡し、ビールを注いだ。

「全員揃ったので、乾杯しよう。畑中さん。乾杯の音頭をお願いします」

岡村がグラスを掲げた。切り替えがうまい。

「えぇー。長野の事件はまだ、全容が解明されておりませんが、一応の決着がついたと我々も見ており、えぇー。そこで」

「長い」

神谷は畑中の言葉を遮った。

「ああ、そうか。みなさんのご協力で、今回も捜査は進み、まあ、我々も頑張りましたが」

苦笑した畑中がぼそぼそと独り言のように続けた。

「クソ長い！」

苛立った玲奈が、畑中を睨みつけた。一気に場の雰囲気が凍る。

「すっ、すみません」

畑中は玲奈と離れているが一歩下がった。以前殴られたことを思い出したのだろう。

「乾杯！」

神谷がグラスを掲げて笑った。

本書はハルキ文庫の書き下ろしです。
本作品はフィクションであり、登場する人物、団体名など
架空のものであり、現実のものとは関係ありません。

ハルキ文庫

わ 4-5

911代理店《きゅういちいちだいりてん》❺ ブラッド

著者 渡辺裕之《わたなべひろゆき》

2023年12月18日第一刷発行

発行者 角川春樹

発行所 株式会社角川春樹事務所
〒102-0074 東京都千代田区九段南2-1-30 イタリア文化会館

電話 03(3263)5247(編集)
03(3263)5881(営業)

印刷・製本 中央精版印刷株式会社

フォーマット・デザイン 芦澤泰偉
表紙イラストレーション 門坂 流

ISBN978-4-7584-4609-9 C0193 ©2023 Watanabe Hiroyuki Printed in Japan
http://www.kadokawaharuki.co.jp/[営業]
fanmail@kadokawaharuki.co.jp[編集]　ご意見・ご感想をお寄せください。

渡辺裕之の本

911代理店

「911」——米国は日本と違い、警察、消防、救急の区別なく、緊急事態は全てこの番号に電話を掛ける。そこで必要な処置を決定するのだ。「株式会社911代理店」はそれを日本で行うことを目的とする。恋人をテロで失い自棄になっていた元スカイマーシャルの神谷隼人は、ある出来事を契機にそこに勤めることに。しかし元悪徳警官と名高い社長をはじめ、元詐欺師に現天才ハッカーなどと、社員は皆一癖も二癖もあって!? 最強のアウトローたちが正義とは何かを問う、痛快アクション!

ハルキ文庫